汚れなき乙女の犠牲

ジャクリーン・バード

水月 遙 訳

ハーレクイン
SP文庫

THE COST OF HER INNOCENCE

by Jacqueline Baird

Published by Harlequin Japan,
a Division of K.K. HarperCollins Japan, 2024

ジャクリーン・バード

もともと趣味は油絵を描くことだったが、家族からにおいに苦情を言われ、文章を書くことにした。そしてすぐにロマンス小説の執筆に夢中になった。旅行が好きで、アルバイトをしながらヨーロッパ、アメリカ、オーストラリアを回った。18歳で出会った夫と2人の息子とともに、今も生まれ故郷のイングランド北東部に暮らす。ロマンティックタイムズ誌の受賞歴をもち、ベストセラーリストにもたびたび登場する人気作家。

◆主要登場人物

ベス・レイゼンビー……会計士。本名ジェーン・メイスン。
ヘレン・ジャクソン……ベスの友人。
クライブ・ハンプトン……ヘレンの弁護士。
トニー・ヘザリントン……ベスの隣人。
ダンテ・カンナヴァーロ……トニーの異父兄。弁護士。
エレン……ダンテの婚約者。

プロローグ

「もう一度くり返します、ミス・メイスン、自分が起訴されていることを理解していますか?」

恐怖のあまり声がうまく出なかったが、ジェーン・メイスンはようやく答えた。「はい」

こうして被告席に立っていることが、いまだに信じられない。販売目的でドラッグを所持していたという容疑をかけられるなんて。ジェーンは大学の経営学部の二年生で、学費を稼ぐため、週五回夜にファストフード店で働いていた。まるで悪い夢を見ているようだ。それなら早く目が覚めてほしい……。

しかし、やはり夢ではなかった。「有罪を申し立てますか、それとも、無罪を申し立てますか?」判事のぶっきらぼうな声を聞き、ジェーンはついに現実を受け入れた。

「無罪です!」

なぜ誰も信じてくれないの? ジェーンは必死の思いで公選弁護人を見たが、ミス・シムズは依頼人ではなく、手にしたメモを見ていた。

予備審問が進む中、ダンテ・カンナヴァーロは椅子にゆったり座っていた。通常ならこんな案件は引き受けないのだが、見習い時代に働いていた法律事務所の所長ヘンリー・ビューイックから、個人的に協力を求められてはしかたがなかった。

二十九歳になった今、ダンテは商事訴訟を専門とする国際弁護士として活躍している。刑事裁判にかかわるのはずいぶん久しぶりだが、資料を読む限り、ごくありふれた事件のようだった。

一台の車がミス・メイスンの車の横をかすった。事故現場に赴いた警官が免許証の提示を求めると、彼女はトートバッグをさぐり、その拍子に怪しげな包みが落ちた。それがドラッグだったというわけだ。そのとき、ミス・メイスンの車には一人だけ同乗者がいた。かなり酔った状態のティモシー・ビューイック――ヘンリーの息子だ。ミス・メイスンはドラッグのことはなにも知らないと言い、暗にヘンリーの息子を指して、ほかの誰かがバッグに押しこんだに違いないと主張した。

ダンテはティモシーに面会したが、若者は被疑者の女性にのぼせあがっていて、彼女に不利な証言をするのをしぶった。その気持ちはよくわかる。ダンテはすでにミス・メイスンの写真を見ていた。長身で黒髪の彼女は、露出度が高いトップスとショートパンツを身につけ、曲線美を誇る体とすらりと長い脚をこれでもかというくらい見せつけていた。その魅力をもってすれば、どんな男でも誘惑できるだろう。十代の血気盛んな若者など、ひとたまりもない。ダンテは依頼を引き受けることにした。

顔を上げると同時に、ミス・メイスンは断固として無罪を主張した。嘘《うそ》つきめ。ダンテは鋭い目で被告席をじっと見つめた。彼女は髪を頭の後ろできっちりまとめ、化粧はせず、黒いスーツを着ている。おそらく弁護士の勧めに従ったのだろう。

しかし実際のところ、弁護士のミス・シムズの助言は依頼人のためになってはいなかった。ダンテの目から見れば、ミス・メイスンはまさに彼の期待どおりに動いてくれている。簡素なスーツは豊かな胸と細い腰とまるいヒップにぴったり張りつき、十九歳という実年齢より上に見えた。これならティモシーが証言台に呼ばれたとき、判事が二人を見比べて、どちらが真実を述べていると思うかは明らかだ。恋に溺れた若者に決まっている。

立ちあがったダンテが冷笑を浮かべてミス・メイスンの視線をとらえると、懇願するように彼女の目が見開かれ、その奥にあやしい光が見えた気がした。もちろん一秒たりともだまされはしなかったが、官能的な唇の間に舌がちらりとのぞいたときは、ふいに激しい欲望に駆られて驚いた。くそっ、いい女だ。若いティモシーが夢中になるのも無理はない。その気持ちがどんなものか、ダンテはいやというほど思い知った。どうやら僕の決断は正しかったらしい。魅力あふれるミス・メイスンを徹底的に糾弾するのは、さぞかし気分がいいことだろう。

ジェーンは立ちあがった人物をまじまじと見つめた。長身で黒髪の男性はこちらにほほえみかけていて、息をのむ。やっと見つけた！　あれは絶対に好意的な表情だ。彫刻のように完璧な顔から引きしまった体にいたるまで、彼は全身から自信と気遣いと男性的な力を発散させている。この人ならわかってくれる。私が真実を語っていることに気づいてくれるはず。ジェーンは本能でそう悟った……。

とんでもない思い違いだった。刑務所の門が背後で閉まったとき、ジェーンは苦々しく思い返し、恐怖に固まりながら威嚇するような建物を見あげた。これから三年間、自分の家となる場所を。いいえ、運がよければ模範囚として減刑が認められ、半分ですむかもしれない、とミス・シムズは言っていた。あの弁護士、役立たずにもほどがある……。

「あなたを残していきたくないわ、ヘレン」ジェーンは目に涙を浮かべ、年上の女性を見つめた。「あなたがいなかったら、この十八カ月、生き延びられたかどうかわからなかったのに」ぎゅっと命の恩人である友人を抱きしめる。

「ありがとう」ヘレンはジェーンの頬にキスをし、笑みを浮かべて身を引いたが、次の瞬間真顔になった。「もう泣かないで、ジェーン。今日、あなたは自由の身となる。二人でした取り決めをしっかり守っていれば大丈夫だから」

「面会に来ちゃいけないって本気なの、ヘレン？　会えないなんて、すごく寂しいわ」

「ええ、本気よ。私の娘は十八歳で命を落とした。あなたは無能な弁護士と、自称友人たちに人生をだいなしにされかけた。私が言ったことを忘れないで。世界は公平じゃない。過去の不正にこだわらず、未来だけを見つめていなさい。さあ、行って。振り返ってはだめ。私の弁護士のクライブ・ハンプトンが待っているわ。信頼できる人だから、彼の言うことをよくきいて、注意深く自信と誇りにあふれた成功者になってちょうだい。私にはわかるの、あなたがいずれそうなることが……」ヘレンはジェーンを抱きしめた。「幸運を祈っているわ」

1

「お先に、メアリー」ベス・レイゼンビーは受付係に声をかけ、職場であるロンドン中心部に位置する会計事務所〈スティール・アンド・ホワイト〉を出た。歩道で一瞬足をとめ、深呼吸をする。ようやく新鮮な空気の中に出られてよかった。

けれどすぐに、やっぱりそんなに新鮮じゃないわ、と悲しくなった。仕事は楽しいが、最近はふと、残りの人生を本当に都会で過ごしたいのかどうか悩むことがある。

ちょうどラッシュの時間帯で、いつものバス停にも長い列ができていたので、次のバス停まで歩くことにした。運動は体にいいし、ビンキーのことを除けば急いで帰る理由もない。友人のヘレンは三年前に癌《がん》で他界した。仮釈放の四カ月後のことだった。

悲しい記憶を振り払い、ベスは歩きつづけた。赤い髪が夕日を浴びて炎のように輝き、曲線の美しい細身の体がグレーのリネンのワンピースの下でしなやかに動く。通り過ぎる男性の誰もが熱い視線を向けていたが、ベスは気づいていなかった。彼女の人生において、男性はたいして重要ではないからだ。仕事で成功をおさめていたベスは、自分がなしとげたことを誇りに思い、心から満足していた。

そのときふいに、一人の男性が目にとまった。たいていの人より頭一つぶん背の高い彼がこちらに歩いてくる姿に、思わずつまずきそうになり、どきどきしながらあわてて視線をそらした。心の底から憎んでいる黒髪の悪魔――弁護士のダンテ・カンナヴァーロがほんの三メートルほど先にいる。

頭の中にヘレンの声が響く。〝注意深く自信と誇りにあふれた成功者になってちょうだい。私にはわかるの、あなたがいずれそうなることが……〟

ベスはぐっと顎を上げた。どうせあの男は気づかないだろう。お人よしのジェーン・メイスンは永久に消え去り、今の私は抜け目のないベス・レイゼンビーなのだ。それでも彼とすれ違うときには、首筋の毛が逆立った。一瞬、彼は動きをとめなかった？　答えはわからないが、どうでもいい。ベスはひたすら歩きつづけた。しかし過去の記憶がよみがえるにつれ、胸の内の幸福感は薄れていった。あの卑劣な男はこの八年間に、いったい何人の罪のない人々を刑務所に送りこんだのだろう？

ベスはかつての自分を思い出した。世間知らずの十代の少女が被告席に立ち、死ぬほどおびえている。あの弁護士はその少女にほほえみかけ、同情のこもった深い声で話しはじめた。怖がらなくてもいい、ここにいるみんなはただ真実を知りたいだけだ、というように。愚かな少女はそれを信じた。彼こそが輝く甲冑《かっちゅう》をまとった騎士で、救い主だと思った。けれどもその後、ティモシー・ビューイックとその友人ジェームズ・ハドソンが証言台で嘘《うそ》をつき、自分の過ちに気づいたときには手遅れで、有罪が宣告されていた。法廷から連れ出される寸前振り返ると、あの男はまるで少女など最初から存在しなかったように、彼女の弁護士と笑いながら話をしていた。

ダンテ・カンナヴァーロは気分がよかった。たった今、依頼主の多国籍企業のために大きな契約を勝ち取ったのだ。だから待機していた運転手を帰らせ、アパートメントまで歩くことにした。特注のフェラーリがあと一時間でそこに届くのだと考えて、口元には満足そうな笑みが浮かんでいた。

だが颯爽《さっそう》と歩道を進んでいき、赤毛の美しい女性が目にとまった瞬間、車のことは頭から吹き飛んだ。彼女は背が高く、おそらく百七十五センチはあるだろう。地味なグレーのワンピースはたいていの女性が着てもぱっとしないだろうが、彼女に限っては息をのむほどすばらしく見える。体は細身ながらもスタイルがよく、脚はすらりと長い。ダンテはほれぼれと女性の全身を眺めまわした。

すれ違うときにはふと立ちどまり、無意識のうちに首をまわしていた。あのヒップの揺れ方には、弱い男なら心臓発作を起こしてしまうだろう。ただしダンテの場合、硬くなって困るのは冠動脈ではなく、体のもっと下の別の部分だった。とはいえ、なにも驚くようなことではない。その女性は美しくセクシーだし、僕はもう一カ月も禁欲生活を送っているのだから。それでもすぐに、おまえはエレンと婚約しているのだ、と自分に言い聞かせた。

国際弁護士として活躍するダンテは、ロンドンとニューヨークとローマにオフィスを持っていて、それぞれの街にアパートメントもあった。しかし本当の家はそのどれでもなく、生まれ故郷のトスカーナで一族が代々受け継いできた地所だと考えていた。

父の末弟で、ローマで法律事務所を経営していた叔父アルドが三月に亡くなったとき、その葬儀の席でダンテがカンナヴァーロ家に残された唯一の男子であるということが話題になった。すなわち、そろそろ国際商事訴訟の仕事を優先させるのをやめ、伝統のある法律事務所を継いで身を固め、息子をつくらなければならないということだ。

いずれは結婚し、子供を持つだろうと前々から思ってはいたが、三十七歳になった今、ダンテは義務と真っ向から向き合わなければならなくなっていた。子供は欲しい。できれば跡継ぎとなる男の子が望みだ。とはいえ、彼自身もまだじゅうぶん若く、現役で活躍することができた。だからこそエレンを選んだのだ。二年前に知り合って以来、仕事の能力は高く評価しているし、とにかくあらゆる条件を備えていたから。知的で、魅力的で、子供好きに加えて、自身も弁護士であるがゆえに僕の仕事もよく理解してくれている。もちろんセックスの相性もよく、まさに完璧なパートナーだ。それに、僕はひとたび決心したことをけっして変えたりしない。

それでもやはり、あの赤毛の女性は驚くほど魅力的だ。つい見てしまうのは男心というものだろう、とダンテは自分をなぐさめた。


一時間後、ベスはエドワード朝様式のテラスハウスが立ち並ぶ通りを歩いていた。一階にあるアパートメントに入ると、靴を蹴って脱ぎ、スリッパにはき替えてにっこりする。彼女の生活の中にいる唯一の男性が、足元にすりよってきたのだ。

「ただいま、ビンキー」ベスは赤褐色の猫を抱きあげ、頬ずりすると、廊下を進んで建物の裏手にある広いキッチン兼ダイニングルームに入った。「おなかがすいたでしょう」愛猫の好物である、ツナ味のキャットフードをボウルに山盛りにしてやる。猫に話しかけるなんてばかみたいと苦笑しながら、ベスはコーヒーをいれ、ひと口飲んでから、キッチンの横にある裏口に向かった。ドアを開けると、その先は中庭《パティオ》に続いていた。

そこはベスの自慢の種だった。プランターに植えた花々が色鮮やかに咲き誇るそばを、満足感にひたりつつ通り過ぎ、芝生の上に出る。芝生のまわりには一・二メートルほどの高さの煉瓦《れんが》塀があり、門によって階上のアパートメントの庭と区切られていた。

庭の反対側には壁に取りつけられた格子が、香りのよいジャスミンとクレマチスにおおわれていた。ベスはもうひと口コーヒーを飲み、うれしそうにあたりを見まわして、ダンテ・カンナヴァーロを見かけたことを頭から締め出した。あんな男、思い返す価値もない。そしてパティオに戻り、テーブルを取り囲む木の椅子の一つに腰を下ろして、コーヒーを飲みながら自分の手仕事の成果をほれぼれと眺めた。

しかし、ベスがリラックスしかけたちょうどそのとき、隣人が門のところに現れた。がっしりした体で、髪を短くし、まるい顔に生意気そうな表情を浮かべているのはトニーだ。年は二十三歳になったばかりで、つまりベスとの年齢差は四歳だが、彼女の感覚としては、トニーもそのルームメイトのマイクももっとずっと年下のような気がしていた。二人は同じ金融街《シティ》の銀行に勤めており、どちらも楽しいことが好きな、のんきな青年だった。「やあ、ベス。待ってたんだ。ちょっといいかい?」

「今度はなに? 砂糖? ミルク? それとも食事をねだっているの?」椅子にまたがってその背に肘をつくトニーに、ベスはそっけなくきいた。

「いや、今回はそのどれでもない」彼がにやりとする。「でも、君がセックスしてくれるっていうなら、それはそれでかまわないけど」

ベスはこらえきれずに笑い出し、かぶりを振った。「それは絶対にないわ、トニー・ヘザリントン」

「だと思った。でも、男が努力するのを責めちゃいけないよ」トニーの青い目にはユーモアがきらめいていた。「それはそうと本題だけど、今週末は家にいるのかい、それともコテージに行くのかい？」

「いいえ。二週間はずっとこっちにいて、それから三週間休暇を取る予定なの。そのときに向こうに行って、模様替えをするつもりでいるのよ。悪いけど、いつもどおりうちに目を配っていてくれる？　スペアキーはまだ持っているわよね？」

「ああ、もちろん。お安いご用だ。それで話は戻るんだが……ほら、月曜は僕の誕生日だっただろう？　だから両親と食事をしたんだけど……もう退屈で死にそうだった！　そんなわけで、土曜に友達をみんなよんで、パーティを開くつもりなんだ。君も招待するよ。実はちょっと女性が足りなくてね、来てくれたほうがありがたいんだ。頼むよ」

「せっかくのご招待だけど、うれしくないのはなぜかしら？」ベスはからかうように言った。「数合わせというだけでも最悪なのに、この前のクリスマスパーティのことを思い出したからだわ。食べ物も飲み物もほとんど私がふるまったし、あなたとマイクが寝ちゃったから、お客を追い出すはめにもなったのよ！　後片づけもさせられたし……」

トニーはくすくす笑った。「それは運が悪かったな。だけど、今度は違うと約束するよ。だいいち、土曜はバーベキューにするつもりなんだ。客は四時に来る。場所は外で、後片づけはいらないよ」

「ああ、わかったわ。つまりあなたが本当に言いたいのは、私の庭を使っていいかってことなんでしょう？　あなたたちの庭の二倍の広さがあるものね」

「まあ、たしかにそれもある。でももっと重要なのは、マイクが料理のメニューを考えていることなんだ。僕個人としてはソーセージと肉のパテ、それにサラダが少しあればいいと思うんだけど、マイクのことは知ってるだろう？　あいつ、自分はすごく料理がうまいと思ってるんだよ。そんなわけでチキンのマリネだとか、特別なケバブだとか、そういう話をしているんだ！　僕を助けてくれよ、ベス！」トニーは子犬のような目でベスを見た。

「たいした役者ね」ベスはにべもなく言った。「でも、その少年っぽい魅力は私には通用しないわよ」

「わかっているけど、やってみることが大事だからね」トニーはにやりとした。「でも、本当に助けが必要なんだよ。先月、君が留守にした週末にバーベキューをしたら、ちょっとばかり悲惨なことになったから。マイクがつくった詰め物をした豚のロース肉を食べたせいで、客の半分が食中毒を起こしかけたんだ」

「いやだ、嘘でしょう？」ベスは笑った。

「いや、本当だ。だからこそ女性が足りないって思うんだよ。まともな考えを持つ女性なら、また食中毒を出させたりしないだろう？」

「はいはい、わかったわ。ただし、バーベキューはあなたたちの庭でするのが条件よ。私の植物を焼かれたら困るもの。お客がうちの庭で食べたり飲んだりするのはかまわないわ。でも、アパートメント内には立ち入り厳禁。わかった？」

「ああ。君は最高にすてきな女性だよ。ありがとう!」トニーは笑い、開いていた門から自分のアパートメントに消えていった。

土曜の夜七時、晴れ渡った青空にはまだ太陽が輝いていた。ベスはゆったりした笑みを浮かべ、あたりを見まわした。庭にはカジュアルな服装の人々が集まっていて、食べたり、飲んだり、しゃべったりしている者もいれば、音楽に合わせて踊っている者もいる。トニーとマイクのアパートメントにも数人の客がいて、そこでは強い酒が出されているらしい。ビールと白ワインはベスのキッチンの窓の外に、氷で冷やして置いてあった。念のため、裏口には鍵をかけ、ジーンズのポケットに入れておいた。

「一人かい、ベス?」少し酔ったトニーが、彼女の腰に手をまわしてきた。「それはよくない。君がマイクを説得してくれたおかげで、バーベキューは大成功だし、パーティはすごく盛りあがっている。一杯飲んでくれよ」

「知っているでしょう、私は飲まないの」

「そうだな。でも、僕はもう一杯飲むよ……またあとで」トニーはベスの腰から手を離し、向きを変えかけてぴたりと動きをとめた。「嘘だろう!」ふたたびベスの腰をつかむ。「兄貴が来た! ロンドンのオフィスに招待の伝言は残したけど、まさか来るとは思わなかったよ。兄貴は弁護士で、六カ国語を話し、世界じゅうを飛びまわっている。はっきり言えば、仕事中毒だね。最後に会ったのは去年だけど、二カ月前に婚約したって母さんから聞いた。きっと一緒にいるのが、その婚約者だな」

「お兄さんがいるなんて知らなかったわ」ベスは興味深げにトニーの向こうを見て……凍りついた。

まさか、そんなはずはない。

ダンテ・カンナヴァーロの豊かな髪は前より長くなり、白いシャツの襟をかすめていた。ベルトをしたチノパンツは引きしまった腰を際立たせ、すらりとした長い脚を包んでいる。間違いない、彼だ……。

ベスはこれまで、ダークスーツ姿の彼しか見たことがなかった。何年もの間、絶えず夢に現れる黒衣の男には悩まされつづけられたものだ。とはいえ、あのリラックスした風貌を見れば、誰もがころりとだまされ、彼を善良な人間だと思うだろう。口のうまい、ずる賢い悪魔だとはけっして思わないはずだ。

この八年間、ベスは一度もダンテ・カンナヴァーロを目にすることなく、ヘレンの計画に従い、クライブ・ハンプトンの力を借りてロンドンに落ち着いていた。人の多いこの街なら、誰にも気づかれずにすむ。少なくとも、今まではそう思っていた。

ロンドンで一度でくわす可能性さえ低いのに、一週間に二度となれば、まさに天文学的確率と言えるだろう。あるいは、ただひたすら運が悪いということか。とにかく今は、冷静かつ自信たっぷりにこの事態を乗りきらなければならない。

それにしても、あの男は本当にトニーの兄なの？　第一にトニーよりずっと背が高く、容姿もまったく似ていない。トニーは若々しく楽しげで、人生を笑って乗りきろうとしている。一方、その兄だという彼は黒髪とオリーブ色の肌を持ち、ハンサムではあるけれど、顔には非情さと傲慢さをたたえている。第二にこちらがより重要なのだが、二人は姓が違う。

「全然似ていないわね」ベスは言葉を選んで言った。

「母親は同じだけど、父親が違うんだ。僕は父親似なんだよ。母さんはイタリア人で、父さんと出会ったときは十三歳のダンテを育てる未亡人だった。イタリアで出会ってすぐに結婚して、父さんは母さんをイギリスに連れてきたんだ。ダンテはイタリアとイギリスである高校と大学に行ったから、僕らが会うのは休みのときだけで、そのときはよくイタリアにある母さんの昔の家で過ごしていた。両親は今でも行くけど、僕はもう何年も行っていない。田舎に閉じこめられるなんて趣味じゃないからね。でも、兄貴はすごく気に入っている。実際、そこはもうダンテのものなんだ。イタリア人の父親の地所と大金、それに一族の法律事務所の半分を相続したから」

単純明快な話だった。二人はたしかに兄弟なのだ。恐怖のあまり、ベスの全身はこわばった。

「年が十四も離れているから、僕はいつも兄貴がちょっと怖かったんだ。ダンテはすべてを持っている。背が高くて、ハンサムで、健康で、信じられないくらい金持ちだから、本当はそんなに必死に働かなくてもいいんだよ。僕はずっとそう言っているのに、兄貴は耳を貸そうとしない。あんまり理性的すぎて僕の頭ではとてもついていけないけど、よく知り合えばすばらしい男だし、女性はみんな憧れる。君にも紹介するよ」

「いいえ。兄弟で積もる話があるでしょうし、それに私、ビンキーに餌をあげなきゃならないの」

「猫の餌はあとでもいいだろう？　頼むよ、ベス、調子を合わせてくれ。君みたいな美人が僕の腕にもたれていれば、今度ばかりは兄貴にひと泡吹かせてやれる。ダンテは長年、めだたないようこっそりと何人もの美女とつき合っていたんだ。正直に言えば、結婚を決めたと聞いて驚いているんだよ。あの婚約者はきれいだけど、君ほどすてきじゃないしね」

　ベスには拒むチャンスがなかった……。

「やあ、トニー」太く低い声が聞こえたからだ。

「ああ、ダンテ。驚いたよ、よく来られたな。そしてこちらが婚約者だね。母さんから聞いているよ」

　ダンテ・カンナヴァーロは如才なくトニーを紹介した。「エレン、弟のトニーだ」

「ダンテを手なずけられる女性に会えるとはうれしいね」トニーはにやりとして、ベスの腰から腕を離し、彼女をエレンに紹介した。

エレンと握手し、お決まりの挨拶を交わしながら、ベスはこの女性をかわいそうだと思った。エレンは三十代初めくらいで、髪も化粧も完璧、カジュアルなトップスとスラックスはどちらもブランド物だった。にこやかにほほえんではいるが、その青い目がベスの着ているデパートで買った服をとらえたとき、笑顔に見くだしたような表情がまじる。そのせいで、ベスの同情する気持ちはいくらか薄れた。

「ご婚約、おめでとう。末永いお幸せをお祈りしています」ベスは白々しい嘘をついた。

「ウエディングドレスはもう選んだの？」本当はこれっぽっちの興味もないけれど、あの唾棄すべき男と顔を合わせるのを一秒でも遅らせたかった。その間に、ふたたび彼を見たショックから立ち直らなければ。

ベスが刑務所に送られたのは、ダンテ・カンナヴァーロのせいだった。最初の一週間は本気で死にそうな目に遭った。薬物不法所持罪で入所したため、ベスにはドラッグを手に入れるつてがあると勘違いした者がいたからだ。自分は無実で、ドラッグについてはなにも知らないと言うと、シャワー室に引きずりこまれ、裸にされて髪を切られ、次は喉だと言われた。幸い、そこに三日前から同じ房で暮らしていたヘレンが現れ、ベスを救ってくれたのだった。

刑務所を出たらベス・レイゼンビーと改名するよう説得し、そうできるように手配してくれたのも、ヘレンだった。皮肉にもベスの髪を切った女性グループは、結果として彼女に協力した形になった。本来赤毛だったベスは、子供のころ学校に行った最初の日からずっと髪のことでからかわれてきた。たいていのクラスメートより背が高くなり、体が大きくなるにつれ、そのいじめはますますひどくなった。

十四歳のとき、父の仕事の関係でベッドフォードからブリストルに引っ越した際、新しい学校に行く前に髪を黒く染めたらどうか、と母が言い出した。ベスはすぐさま賛成し、いじめはなくなった。それからの数年、ベスの生活は満足のいくものだった……大学一年生のときまでは。

その年、両親はベスを連れずに初めて二人だけで休暇旅行に出かけ、そこで悲劇的な死を迎えた。乗っていたクルーズ船がイタリアの沖合で沈んだのだ。ベスは悲しみで胸が張り裂けそうだった。両親は養父母で、赤ん坊のときに引き取られていたから実の両親が誰なのかはまったくわからず、ふいに世界に一人ぼっちになったような気がした。

そんなわけで十八カ月の刑期を終えて出所した日、ジェーン・メイスンは誰だかわからないほど大きく様変わりしていた。髪は本来の赤毛に戻り、体重は十キロ以上も減っていた。そしてクライブの助けを借り、名前を正式にベス・レイゼンビーに変えた。

改名するというヘレンの計画は、どう考えても当然の対策だった。履歴書に前科者という不当なレッテルがなくても、世間知らずの若い女性が成功するのは大変なのだ。だからこそ亡き友人のためにも、ダンテ・カンナヴァーロの前で弱みを見せるわけにはいかなかった。

2

ダンテは機嫌がよくなかった。先刻エレンのアパーメントを訪ねたとき、さりげなくこのバーベキューパーティのことを話し、行ってみないかと誘った。エレンはまだトニーに会ったことがないし、ダンテは花婿つき添い人《ベストマン》を弟に頼もうと考えていたからだ。しかし、エレンはその両方をいやがった。バーベキューは趣味じゃないし、ベストマンは弁護士の友人か仕事関係者がいいと言って譲らなかった。

最終的には行くことに同意したものの、ここに来るまでの一時間エレンはずっと同じ調子で、ダンテは興味をなくし、一方的に彼女にしゃべらせていた。しかしマイクに言われてトニーのいる方を見たとき、がぜん興味がわいてきた。

今、ダンテはトニーの隣にいる女性を食い入るように見つめていた。背が高く、印象的な赤毛の女性……なにかが引っかかる。ベスという名前が聞こえたが、以前そういう名前の女性に会った覚えはない。それでもやはり、どことなく見覚えがあるのだ。その瞬間女性に陽光が差し、髪が燃えるように輝いて、ダンテははたと気づいた。そうだ、数日前に通りで見かけたあの魅力的な女性に違いない。

会話はまだ続いていたが、ろくに聞きもせずに、ダンテは女性の全身を眺めた。レモン色のシルクのシャツの胸は盛りあがり、白いジーンズが細い腰と長い脚にぴったり張りついている。クリームのようになめらかな肌、高い頬骨、肩に流れ落ちる赤い髪。最後に目にとまったのは、大きな緑色の目だった。この女性はトニーのなんなのだろう？

「ベス、兄のダンテだ」

ダンテは手を差し出した。「会えてうれしいよ、ベス」ベスの目は冷たく、ひんやりとした美しい手は彼に軽く触れただけですぐに引っこめられた。しかし、そのわずかな触れ合いが燃えるように熱く感じられ、ダンテは驚いた。どうやら彼女のほうも驚いているらしい。必死に隠そうとはしていたが、緑色の目がぱっと輝いたからだ。まつげを伏せ、唇をきつく結んだ姿からは、はっきりと敵意が感じられる。本当は握手などしたくなかったのに、社交上の常識として、やむをえず触れたという印象だ。

うぬぼれているわけではないが、通常、女性がダンテにこんな反応を示すことはない。だがこの女性は今日が初対面だというのに、なぜか彼を嫌おうと心を決めているようだった。

「お目にかかれてうれしいわ」ベスはそう言ったが、〝ダンテ〟と名前を呼ぼうとはしなかった。わずかに触れ合った指先がひりひりし、ショックで思わず一歩後ろに下がる。この男がこれほど大きな影響力を、私に対して持っているなんて。胃がむかつくほどの怒りを、ベスはかろうじて抑えこんだ。

「僕も兄貴に続こうかと思っているんだよ」トニーがふたたびベスの腰に腕をまわした。「彼女を口説いて、結婚を承知させようかと。どう思う?」

ベスはぎょっとしてトニーを見た。いったいなにをふざけているの?

「たしかにすてきな女性だな」ダンテは冷笑を浮かべて言った。若いころに数多くの女性と出会ったおかげで、美しいベスがトニーより年上なのは、見ればわかる。年齢差はそれほどではないかもしれないが、あの用心深いようすからして、経験において大きな差があるのは明らかだ。もしかしたらトニー自身よりも弟の金に興味を持っているのかもしれない。トニーは父親のハリーが所有する投資銀行で働いていて、いずれは大金を相続する。本来なら都心の豪華なアパートメントで暮らせるのに、あえて郊外でマイクと共同生活することを選んだからといって、ベスがトニーの正体を知らないとは限らない。

ダンテに険しい目を向けられて、ベスは寒気を覚えた。あの笑顔の中にある皮肉っぽさに、今ならすぐ気づくけれど……八年前にはわからなかった。だからこそ身を滅ぼしたのだ。そのことを思い出すと、怒りと恨みがますますつのっていった。

「だが、おまえは二十三になったばかりだぞ、トニー。結婚を考えるのは少しばかり早すぎやしないか?」ベスの目に浮かぶ怒りに、ダンテは気づいていた。やはり金めあてか、と確信が深まる。「結婚には金がかかる。キャリアをスタートさせたばかりの若い者なら、とくに大変だ。きっとベスも同意してくれると思うがね」

からかうような口調も、ベスのわきたつ敵意をやわらげることはなかった。トニーがこの傲慢な男の鼻を明かしたいと思うのも無理はない。「それはどうかしら。お金がすべてじゃないわ」ベスは挑むようにダンテを一瞥《いちべつ》し、それから愛をこめたまなざしでトニーを見つめた。「そうよね、ダーリン？」

「まったくそのとおりだよ」トニーは楽しそうに目を輝かせ、ベスの唇に軽くキスをした。「彼女は信じられないほどすばらしいだろう、兄貴？」

「ああ」ダンテはそっけなく言った。驚いたことに、二人のキスを見たとたん、いらだちを覚えたのだ。だが、きらりと光るベスの緑色の目に浮かんでいたのはトニーへの情熱ではなく、ダンテへの真っ向からの挑戦だった。

この世に挑戦ほど好きなものはない。それにこの美しい赤毛の女性には、会った瞬間から疑いをかきたてられている。今や別のものもかきたてられそうになっているが、そんな感情を婚約者のエレンに覚えたことは一度もなかった。こんなふうにすばやく女性に反応したのは本当に久しぶりだ。セックスは楽しんでいるが、そこに目がくらんでものが見えなくなることはない。パートナーは慎重に選び、生活全般においてそうであるように、つねに完全に主導権を握っている。それでもなお、ダンテの本能はこう告げていた。ベスに対する驚くべき反応は単に性的に惹《ひ》かれただけのことではない、と。まるで彼女を知っているかのようだが……いったいどうして知っているのだろう?

考える時間を稼ごうと、ダンテは話題を変えた。「パーティなんだからなにか飲まないか、トニー? 僕は運転するからソフトドリンクをもらおう。君はウォッカトニックでいいかな、エレン?」

「私が行くわ、トニー」ベスは言った。パニックで胸がどきどきしている。トニーのいたずらに調子を合わせるなんて愚の骨頂だった。「あなたはここにいて。結婚式のことで話もあるでしょうし」

トニーはベスの頬にキスした。「ありがとう。君は本当にすてきだ。僕にはビールを頼めるかな?」

ベスは心の底からほっとしてビールの缶を取りに行き、続いて階段を駆けあがって、トニーとマイクが住むアパートメントのキッチンに入った。

そこにいた彼らの友達二人とおしゃべりに興じていると、ささくれだっていた神経も落ち着いてきた。飲み物をつくり、トレイに載せて、ベスは自分に言い聞かせた。用心深く、でも自信をもって行動するのよ。それでもやっぱり、急いで階下に戻ろうとは思わなかった。

そのとき、マイクが姿を現した。「もっと食べ物が必要だよ! みんな馬みたいに食うんだから」

「だいぶまいっているみたいね、マイク」ベスは彼にトレイを手渡した。「ここにあなたの飲み物も載せて、トニーのところに持っていったら？ リラックスして、パーティを楽しむのよ。バーベキューのほうは、私がなんとかするから」

「君は天使だよ」マイクはにっこりして同意した。

トニーの兄とエレンはもったいなくも、バーベキュー料理なんて食べてくださるのかしら、とベスは思った。あの二人には高級料理のほうが似合っている。ともあれ、うまくいけば、あとはずっと二人を避けていられるだろう。

去っていくベスをめでるように見送ったあと、振り返ったトニーは、ダンテもやはり同じことをしているのに気づいた。「それでいつ結婚するんだ？ 兄貴の年なら、ぐずぐずしたくはないだろう？」

しかしダンテが答える前に、エレンが笑い声をあげ、長々と説明を始めた。ちょうどいいときにぴったりの教会を予約するのがどんなに難しいか、披露宴にふさわしい会場を見つけるのがどれほど大変か。ダンテは弟の目がどんよりしているのに気づいた。酒のせいか退屈のせいかはわからないが、気持ちはよくわかる。婚約さえしてしまえば、あとは要求されたとおりに金を払うだけで、結婚式当日を迎えられるものとダンテは思っていた。

ところがエレンは果てしなく長いリストをつくり、ダンテがそれに興味を持ち、話し合いをすることを期待した。彼にとっては、うれしくない驚きだった。

結局、エレンは結婚式の日取りを九月に決めた。

トニーが言った。「忘れずに招待状を送ってくれよ。ベスを連れていくから。うまくいけば、彼女も同じ道をたどる気になってくれるかもしれない」

「賢明なことかな？　招待客は身内と親しい友人だけだし、たしかにベスはいい人そうに見えるが、知り合ってからどのくらいなんだ？」

「マイクとここに引っ越してからだから、一年半かな。ベスはすばらしい女性で、料理もすごくうまいんだ。ベスなしでは、僕らはどうしたらいいかわからないよ。そうだろう？」ちょうどそこに飲み物を持って現れたマイクに、トニーはきいた。

「ああ、ベスはダイヤモンドみたいな女性だよ。とくにおまえにとってはな。今、僕らは彼女の庭を使わせてもらっているし、食べ物のほとんどを準備してくれたのも彼女だ。バーベキューのことも引き受けてくれて、おかげで僕はここで楽しんでいられる。なくてはならない存在だね」

弟がなぜここに住むと言い張るのか、ダンテはかねがね不思議に思っていたが、ようやくその理由がわかった。トニーはあの女性にのぼせあがっているのだ。いくつか上手に質問をしてみると、すぐにベス・レイゼンビーについてさまざまなことがわかった。年齢は二十七歳で、ロンドン中心部の一流会計事務所で会計士として働き、ここの一階に住んでいて、海辺にコテージも持っている。トニーに近すぎる、とダンテは不安になった。なぜかはよくわからないが、ベスには目に見える以上のことがたくさんあると本能がささやいていた。

バーベキューの方に目をやると、そこにベスが立っているのが見えた。皿を手渡す彼女から、まわりに集まった男たちの誰もが目を離せずにいるようだ。たぶん、そこが問題なのだろう。ベス・レイゼンビーは背が高く、息をのむほど魅力的で、会計士にはとても見えない。あの身長と容姿なら、モデルにだってなれたのではないか。もっとも、あの存在感のある胸のふくらみは、ファッションモデルとしては少々大きすぎるかもしれないが――。

「ダンテ、ダーリン」

エレンの声を聞き、ダンテはもの思いから覚めた。

「踊りたいわ」エレンがほほえみ、彼の腕をつかむ。

「僕好みのダンスじゃないが、努力してみよう」

エレンは愛らしく知的で、僕が妻に選んだ女性だ、とダンテは自分に言い聞かせた。そろそろあの赤毛の女性を気にするのをやめて、婚約者に目を向けるべきだろう。エレンはバーベキューに来たくなかったのに、僕のために努力してくれている。せめて踊るくらいのことはしてやらなければ……。

最後までバーベキューのそばに立っていた男性から、最近手がけた株式売買での危険な賭けについて礼儀正しく話を聞きながらも、ベスの心の大部分はよそに行っていた。どういうわけか、中庭《パティオ》で踊る人々の方に目をやらずにはいられない。その中でいちばん背の高い男性は、大柄なわりにはなめらかに動いている。もっとも、婚約者がまわりをひらひらと動きまわるせいで、あまり踊れてはいないけれど。

ベスはなんだか、ますますばかにされている気がした。経験上、たいていの男性はかかわるだけ時間の無駄だ。今の望みはさっさと部屋に戻り、ビンキーのようすを見ることだけだった。

幸い、そのとき音楽が終わり、マイクが近づいてきた。「ごめん、こんなに長く放っておくつもりはなかったんだ。でもまだ明るいから、時間に気づかなくてね。トニーは音楽を変えに行ったよ。君も行って楽しむといい。片づけは僕がするから」

ベスはこのチャンスに飛びつき、ゆったりとしたムードのある曲がふたたび始まったときには、裏口のすぐ近くまでたどり着いていた。ところが、ふいにダンテ・カンナヴァーロに行く手をふさがれた。あとずさりしたい気持ちを、ベスはプライドで抑えつけた。

「踊ってもらえるかな？　トニーがエレンと踊っているから、この機会に君とよく知り合いたいんだ。そのうち家族になるかもしれないんだし」

ベスは体をこわばらせ、ダンテを見あげた。今初めて気づいたが、彼の目の色はただの黒ではなく、糖蜜のような金色がかった黒だった。ひとたびあの中に落ちたら、永久にとらわれてしまう気がする。ベスがそんな非現実的な思いに心を乱されていると、まさにその目があざけるような光を放ち、彼女はきっぱり誘いを断りたくなった。だが、そういうわけにもいかない。私が誰か気づいていないのに、彼に紹介されたときには礼儀を欠くまねをして、疑いを抱かせてしまった。ここでまた嫌悪感をあらわにして、事態を悪化させたくはない。

ベスは深く息をついた。「そんなことにはならないわ。トニーはちょっとからかっていただけよ。でもぜひにとおっしゃるなら、お相手するわ」

「ああ、ぜひともお願いするよ、ベス」

ダンテはベスの腰に腕をまわし、もう一方の手で彼女の手を取った。思いがけないことに彼の長身に引き寄せられると、ベスの肌にうずくような感覚が広がり、体に震えが走った。

「君はすてきな女性だ、ベス。ぜひにと言わない男がいるかな?」

「私を誘惑しようとしているの、ミスター・カンナヴァーロ? もう婚約なさっているのに」ベスはあざけるような笑みを浮かべたが、一方ではなぜか早鐘を打つ心臓を必死に静めようとしていた。

ダンテの顔にふといぶかしげな表情が浮かび、信じがたい色の目がじっとベスの目をのぞきこむ。彼の広い胸に引き寄せられると、胸の先が張りつめ、ベスは恥ずかしくなった。

「いや、ベス。僕は本当のことを言っただけだ。だが君を誘惑するつもりなら、そんなにがんばらなくてもよさそうだな。僕の腕に抱かれたとき、震えるのを感じたし、君の体が僕の体に触れて力が抜けるのもわかった。二人は性的に惹かれ合っているんだよ。不幸なことだが、それが真実だ。この状況下ではその衝動に従うわけにはいかないがね。それに、気づいたことはほかにもある。君は僕を恐れているようだ。いや、はっきり嫌っていると言ってもいい。それが不思議でならないんだよ。本当に前に会ったことはないんだよな？」

なんて人なの。音楽に合わせて踊っている最中だというのに、この男はすべてを分析し、弁護士のように話している。ダンテのたくましい太腿が太腿をかすめると、ベスの体温は上がり、彼の視線を受けとめるにはありったけの勇気をかき集めなければならなかった。

「震えたのは寒くなってきたせいよ。前に会ったことはないわ。トニーに兄弟がいるのさえ知らなかったんだもの。あなたがこの庭に現れるまで、そんなことはひと言も言ってなかったのよ」

「それが本当なら、おもしろい」シャツ越しでもベスの胸の先がとがっているのに気づき、ダンテは皮肉っぽく眉を上げた。

美しいベスは明らかに嘘《うそ》をついている。若いころにあまたの女性に出会い、じゅうぶん経験を積んだダンテは、相手の女性が欲望を抱いていればはっきりそうと気づくことができた。だが、トニーに兄弟がいると今夜まで知らなかったというところも嘘なのだろうか？ 〝異父兄弟〟と言わなかったからには、僕の姓はトニーと同じヘザリントンだと思うのが自然ではないのか？ けれどもベスは僕を、〝ミスター・カンナヴァーロ〟と呼んだ。紹介のとき、姓は口にされなかったのにだ。堅苦しいことが嫌いなトニーはおそらく紹介の前も、僕を〝ダンテ〟か〝兄〟としか呼んでいなかっただろう。だったら、どうしてベスは僕の姓を知っているのか？ 以前に会ったことがあるか、少なくとも話を聞いたことがあるとしか思えない。

ベス・レイゼンビーについての謎はますます深まった。弁護士としての直感だが、彼女はなにかを隠している。ではいったいなにを？ その瞬間、ダンテは心を決めた。必ずベスの正体をあばいてみせる。もちろん自分のためではなく、弟を守るために。

ダンテにじっと見つめられると全身が熱くなり、ベスは持てる限りの意志の力を使って、心を裏切ろうとする体の反応を抑えつけた。けれども、幸いそこにトニーとエレンが現れたので、とりあえず返事をする必要はなくなった。

「婚約者のご帰還だよ。僕と踊って疲れきっているけど……あるいは、さっきのウォッカのせいかな。彼女、もう帰りたいそうだ」にやりとするトニーもふらついている。どうやら飲みすぎているらしい。

「ありがとう、トニー」ダンテは冷ややかに言い、少しどんよりした目のエレンに腕をまわした。それから別れの挨拶をして、ベスにそっけなくうなずくと、立ち去っていった。

心の底からほっとしたベスは、酔っぱらったトニーの踊ろうという誘いを無視して、後ろポケットから鍵を取り出した。そっとアパートメントに入り、鍵をかける。そしてドアにもたれかかり、深く息をして必死に落ち着きを取り戻そうとした。

ビンキーが現れたので抱きあげて居間に連れていき、ため息とともにソファにへたりこんで、膝にのせた愛猫を抱きしめる。ダンテ・カンナヴァーロがトニーの兄弟であることの意味をしっかり理解するにつれ、心は激しく乱れていった。

誰にでも悪い日はあるものよ、と自分に言い聞かせてみたものの、今日はいい日が最悪の日へと一気に変わった気がした。ベスは安らぎの場である居心地のいい部屋を見まわし、炉棚の上の二枚の写真に目をとめた。同じ銀の写真立てに入れられた一枚は大好きな両親、もう一枚は最愛の友であるヘレンだ。三人とももうこの世にはいないけれど、と思うと、ベスの目は涙でかすんだ。

ヘレンの弁護士クライブ・ハンプトンは今やベスの友人であり、信頼できる指導者であり、もっとも家族に近い存在だった。クライブの尽力でベスは地方の会計事務所に就職し、そこで会計士として社内研修を受ける機会に恵まれた。その後、二年かけて必要な試験に合格し、晴れて資格を取ったのだ。

クライブとはしょっちゅう電話で話しているし、リッチモンドの自宅にもときどき訪ねていく。明日も日曜の昼食によばれていたが、今夜のショックが大きすぎて危うく忘れるところだった。すでに六十歳を超え、そろそろ引退を考えている老弁護士に、ベスはたいていなんでも話していたけれど、ただ一つダンテ・カンナヴァーロへの気持ちだけは打ち明けていなかった。あまりにも個人的すぎるからだ。法廷での詳細はヘレンにさえも話したことがなく、ただ彼は頭がよく、ミス・シムズはまったく役に立たなかったと言うにとどめていた。自分の身は自分で守らなければならない。

刑務所で過ごした時間のおかげで、ベスは心を殻に閉じこめ、看守の前でも受刑者の前でも無表情で通すすべを身につけた。閉じられた環境の中で暮らし、共有のシャワーを使うのはショックだったが、そこにはさまざまな女たちがいることにすぐに気づき、誰の前で裸になってもなんとも思わなくなった。私はほかの人たちとなにも変わらない、と当時のベスは自分に言い聞かせた。しかしこれまでの人生と同じく、自分だけが浮いているという感覚はけっして変わることがなかった。だからこそ新しい人生を手に入れた今は、友達をつくることにいっそう慎重になっていた。フェイスコーヴの村にはかなりの数いるけれど、ロンドンでの友人はトニーとマイクだけしかいない。

ソファにぐったりと頭をもたせかけ、ベスは目を閉じた。これほどの孤独を感じたのは、八年前の運命の日、恐怖に震えながら被告席に立っていた日以来だ。しかも、その原因をつくったのは同じ人間――あの憎むべき傲慢な男だった。

ダンテ・カンナヴァーロは危険なほどに頭がいいから、もしかしたら以前に会ったことがあるとすでに考えているかもしれない。そうだとしたら、どこで会ったかを思い出させるようなまねをするわけにはいかない。思い出されたところでどうというわけではないが、癪《しゃく》にさわる出来事はなければないほうがいいのだから。そのためには、もう二度と彼に会ってはならない。たとえ引っ越すはめになったとしてもだ。とはいえ、トニーが兄に会ったのは去年が最後という話だったし、運がよければ心を決めるための時間も多少はあるだろう。

ビンキーが膝の上で伸びをし、ベスはため息をついて立ちあがった。「おいで、ビンキー。餌が欲しいんでしょう？　そのあと、私はもう寝るわ」

しかしベッドに入っても、ダンテ・カンナヴァーロのことばかりが頭に浮かび、心は乱れるばかりだった。法廷で初めて見たとき、ベスはすぐさま彼との間につながりを感じた。胸がざわつき、鼓動がはねあがり、彼こそが救い主と無邪気に信じこんだ。そして、その期待は見事に裏切られた。今夜もまた同じ感覚にとらわれたけれど、あれは怒りと憎しみのせいに違いない。

それでもなお、こうして何度も寝返りを打ちながら、彼の腕の力強さと熱い体を思い出しているのはなぜなの？　もしかしたらダンテ・カンナヴァーロの言うとおりなのかもしれない。ベスの心の中で疑いがふくれあがった。彼に反応したようにほかの男性に反応したことはかつて一度もない。この数年間でたくさんの男性に出会ったし、デートにも誘われたが、受け入れたことはめったになかった。全部合わせても片手で数えられるほどだ。

あれほどの目に遭わされながら、ダンテ・カンナヴァーロを強く意識してしまうのは単なる憎しみのせいではなく、彼の言うとおり性的に惹かれているせいだろうか？　ベスの脳裏にダンテの姿がよぎる。憂いをおびたハンサムな顔と、人の心をとらえて離さない黒い目が。その瞬間、全身に震えが走った。

ベスが初めてキスをした相手は嘘つきのティモシー・ビューイックだった。けれど裁判のとき、ダンテは二人がもっと多くキスをしたようにほのめかした。彼がでっちあげた〝魔性の女〟像はベスとはかけ離れていたが、陪審員はティモシーの弁護士の言葉を信じた。

そのせいで刑務所を出るころには、今後はどんな男性もけっしてそばに近づけまい、とベスは固く決心していた。当時、友人のヘレンはごろつきの元夫を殺した罪で、まだ二十年の刑期を務めていた。

ヘレンは何年もの間、夫の暴力と怒りにさらされて生きてきた。ようやく離婚する勇気が出たのは、彼の怒りの矛先が娘のヴィッキーに向いたときだったが、その五年後、スペインにある父親のヴィラに滞在中、彼女は死んだ。ヴィッキーは足をすべらせて頭を打ったのだという元夫の言葉をスペインの警察が信じても、ヘレンにはわかっていた。元夫はとうとうやりすぎたのだ。そのせいで堪忍袋の緒が切れ、彼をランドローバーで轢《ひ》いてしまったのだった。

ヘレンはベスにすべてを語り、まわりにいる受刑者たちを見てみなさいと言った。たしかにそこにいる女性は、男性のせいで刑務所に入っている人がほとんどだった。泥棒であれ、娼婦《しょうふ》であれ、ドラッグの運び屋であれ、誰もが男性の言葉に従い、すっかりだまされ、相手に愛されていると信じて罪を犯していたのだ。ヘレンの場合は悲しみと憎しみに我を忘れ、元夫の人生とともに自分の人生も滅ぼしてしまった。だからこそ彼女はベスに警告したのだ。人生を男性に支配させてはならない、と。

ヘレンの賢明な教えは今なおそのとおりで、ダンテ・カンナヴァーロとの間にできるだけ距離を置こうというベスの決意を後押ししてくれた。

その瞬間ふとひらめき、ベスは気づいた。私が本当の自分でいられる場所は、フェイスコーヴの村のコテージだけだ。

やがてようやく眠りについたものの、安眠とはほど遠く、長い間見ていなかった悪夢をふたたび見た。ただし、結末だけは以前と違っていた。ベスは被告席にいて、黒衣をまとったハンサムな男性に発言をことごとくねじまげられる。それから彼はにっこりし、ベスはその深みのある声と黒い目のとりこになってしまう。それ以降、悪夢はエロティックな内容に変わった。力強い腕に強く抱きしめられ、官能的な唇にキスをされ、大きな両手に愛撫《あいぶ》されながら、夢の中の彼女は胸を高鳴らせていた。

ベスは叫び声をあげて目を覚ました。太腿の間はしっとりうるおい、心臓は早鐘を打っていた。

翌日の日曜日、ベスはクライブと昼食をとるためにリッチモンドに出かけ、ずっと考えていたことを相談してみた。そしてクライブが全面的に賛成してくれたおかげで、とうとうロンドンを離れる決心がついた。

ベスはフェイスコーヴに引っ越し、ヘレンが遺言によって贈ってくれたコテージを改装するつもりだった。皮肉な話ではあるが、ヘレンの暴力夫は妻に離婚する勇気があるとは夢にも思わず、当時からさかのぼること十五年前にコテージを購入した際、税金対策のために名義を妻にしておいたのだった。

コテージのために、ベスはさまざまな計画を立てていた。もっとも、〝コテージ〟というのは本当は正しい呼び名ではない。なぜなら建物は大きく寝室が六つもあって、ときどき家族向けに貸すこともあったからだ。まず裏のガレージの屋根裏部分を離れに改築しよう、とベスは考えていた。そうすれば、休暇用の別荘として家を貸しているときは離れに、そうでないときは家にという形でずっと住んでいられる。きっと快適な暮らしができるはずだ。個人的な顧客を相手に、会計士としての仕事も続けていけばいい。ゆくゆくはガレージの一部をサーフィンショップにしてもいい。そうしてますます自立すれば、絶えず夢に現れる男性から確実に離れていられるだろう。

月曜日の朝、ダンテ・カンナヴァーロはひどく怒った顔でオフィスに入った。デスクにつくなり、扱いの難しい調査が必要なときにいつも使っている調査会社に連絡を取る。数分後、黒い革張りの椅子にもたれかかったものの、頭にあったのは仕事ではなく、背の高い赤毛の女性のことばかりだった。だからこそ彼女が何者なのかを突きとめるために行動を起こし、もし疑わしい点があれば適切な処置を取るつもりでいた。

ベス・レイゼンビーのせいで週末はだいなしになり、ほかにもたくさんのことがめちゃくちゃになった。その中には将来の計画も含まれていた。土曜日の夜、ダンテはエレンを家に送っていったが、彼女が飲みすぎていたためにベッドをともにすることはなかった。エレンは腹をたてていて、そもそもトニーのパーティに連れ出したのが悪いとダンテを責めた。あなたは傲慢で思いやりがない、婚約者の私がいる前でほかの女性――ベスに目を向けたとも言った。ついには私を愛していないとまで言い出し、彼女のような女性が知っているとは思わなかった言葉を山のように並べたてた。口論がさらに激しくなると、エレンは結婚式の中止を宣言し、アパートメントを出ていくダンテに向かって指輪を投げつけた。

険悪な気分で自宅に戻ったダンテは、真っ赤な髪の女性の残像に悩まされながら眠れぬ夜を過ごした。それでもやはり、ベスを知っているという確信は揺るがなかった。しかし、どこで、どのように出会ったのかはわからない。それが問題だった。

あの魅惑的な赤毛の魔女には、死ぬほどいらいらする。あの女にトニーの人生をだいなしにさせてたまるものか。ダンテはちらりと腕時計を見た。正午にはニューヨークに発《た》ち、少なくとも数週間は向こうに滞在する予定だった。

イギリスに戻ったら、調査の結果がどうであれ、ベス・レイゼンビーと対峙《たいじ》しよう。トニーとの結婚などけっして認めない。この先家族の集まりがあるたびに、弟の妻となったベスと顔を合わせるなんて、考えただけでぞっとする。

車に乗りこもうとしたとき、ダンテはふと足をとめ、ポケットから携帯電話を取り出した。

「ダンテ、これは光栄だな。いったいどうしたんだ？　普段はめったにかけてこないのに。それに仕事中にかけてきたことなんて一度もなかったぞ」

「おまえに知らせておこうと思ってね。エレンとは別れた。結婚式は中止だ。それと、これからしばらくアメリカに行く」

「それは残念だ。でも、意外だとは思えないな。実はベスにも言ったんだけど、そもそも兄貴が婚約したたってことに驚いていたんだ。相手を好き放題に選べるときに、なんだって一人で満足するんだい？」

弟の含み笑いを聞き、ダンテはしぶい顔をした。「ああ、そうだな、いい勉強になったよ。だが、おまえは衝動的だからな。僕と同じ過ちを犯さないよう、念のため、警告しておくべきだと思ったんだ」

「警告？　なんだか気味が悪いな」

「そんなことはない。ただ用心しろ。ベスのようなタイプには前にも会ったことがある。たぶん、父親が銀行を持っていると知っていて、おまえと同じくらい金に興味を持っている美人だよ」トニーが大声で笑い出し、ダンテは歯を食いしばった。弟は何事も真剣に受けとろうとしない。

「ああ、ダンテ、それは深刻になりすぎだよ。ベスの話だけど、父さんの銀行のことを知っていたって、全然かまわない。彼女には会っただろう？　最高にゴージャスな女性だ！　僕が……というか、彼女をベッドに誘いこめる幸運な男なら誰でもだけど、金のことを気にすると本気で思っているのかい？　やっぱり年をとったんだなあ、ダンテ。でも心配はいらない。兄貴がしないことは僕もしないから……それじゃ《チャオ》」トニーはまだ笑いながら電話を切った。

車に乗りこむダンテの口元はゆがんでいた。ベス・レイゼンビーに関する限り、男という種に対するトニーの評価はおそらく正しいだろう。

3

うだるように暑い日だった。

「つかまえた！」ベスは勝ち誇ったように叫び、ビンキーを抱きあげた。これでようやく準備が整った。デヴォンまでは車で五時間かかるから、一時には出発する予定だったのに。今はもう三時だが、運がよければ暗くならないうちにたどり着けるだろう。

ベスは廊下に置かれたキャリーバッグに目をやった。ビンキーは旅を嫌う。庭とアパートメントを追いかけまわしたあげく、キッチンの下から出てくるよう延々となだめすかすはめになったのはそのせいだった。けれども、あとはビンキーをキャリーバッグに入れさえすれば出発できる。

職場には月曜日に辞表を出したし、未消化の有給休暇が三週間残っていたので、もうオフィスに戻る必要はない。トニーには昨夜話したが、ここを引き払うとは言わなかった。それは部屋を片づけに来たときでいいだろう。トニーはベスのアパートメントに目を配っておくと約束し、兄の婚約が解消されたと話した。仕事でアメリカに行っているので、ダンテは結婚式が中止になったことを母親から厳しく責められるのをうまくまぬがれたらしい。なんでも、母親は式のために帽子を買ってあったとか。

トニーの話は音楽のように耳に快く響き、どうやらいらない心配をしていたらしいとベスは気づいた。とはいえ、ダンテがふたたび人生に現れたおかげで、ようやく決心がついたことはうれしかった。太陽と海、人生の新しい一ページが私を呼んでいる。ベスは幸せな気持ちで身をかがめ、ビンキーをキャリーバッグに入れようとした。ただし、それは言うほど簡単なことではなかった。

「じたばたするのはやめなさい、この子ったら」ベスは空いている手でバッグを閉めようとしたが、まさにそのとき、玄関のドアベルが鋭く鳴った。

けれどもベスは無視し、体を使ってビンキーが逃げるのを押しとどめ、すばやくふたを閉めた。

「はいはい、今行きます！」

おそらく、なにかのセールスマンだろう。もっとも、誰であろうとすぐに追い払うつもりだ。ベスはドアを開けた。

愛想笑いが口元で凍りつき、ただぼうぜんと目の前にいる男性を見つめた。ダークグレーのスーツを着た男性は、にこりともせず立っている。ジャケットのボタンははずしたまま、白いシャツが日焼けした喉に見事に映えていて、ベスは胃が締めつけられるのを感じながら体をこわばらせ、肩をいからせた。そこにいたのは心の底から憎んでいる一方で、この二週間絶えず夢に現れ、彼女の心の平安を脅かしている男性――ダンテ・カンナヴァーロだった。

ベス・レイゼンビーに関する報告書は一週間前、ニューヨークで受け取った。そこに記載されていた内容は、ダンテの疑惑を裏づけるものだった。ダンテは今朝ロンドンに戻り、シャワーを浴びて着替えをすませると、すぐに車に飛び乗ってここまでやってきた。ベスのようすを詳しく観察するにつれ、表情が険しくなる。彼女の髪は乱れていて、化粧はしていない。それに着ているものは……。

ジェーン・メイスンとベス・レイゼンビーは同一人物である。その調査結果に、ダンテは一片の疑いも抱いていなかった。長い脚を見せつけるぴったりしたデニムのショートパンツ。露出度の高い白のトップスからは、ふっくらした胸の谷間が誘うようにのぞいている。以前よりはやせているが、その曲線美はあいかわらずで、ベスはかつて以上の魅力にあふれていた。

ふいに欲望がわきあがり、ダンテはふたたび写真の娘の姿を思い出した。服装はここにいる女性とほとんど同じだが、一つだけ大きく異なる点がある。写真の娘は長い黒髪をしていた。被告席で有罪判決を受けた娘も、やはり黒髪だった。

弟をとりこにした赤毛の美女を疑わしく思った僕は、やはり正しかった。この女性は十代のころにも年下の少年をまんまと抱きこみ、その恋心を利用して人生をだいなしにしようとした。トニーも同じように罠《わな》にかけたのだろう。髪の色だけは違うが、どうやら中身はまったく変わっていないらしい。どうしてもっと早くあのときの娘だと気づかなかったのか、ダンテは不思議でならなかった。

「やあ、ベス。それともジェーンかな?」

「私の正式な名前はベス・レイゼンビーよ」

「今はそうかもしれない。だが、被告席に立っていた十九歳のときの君はそうじゃなかった」

「ようやく私が誰かに気づいたのね。たいしたものだわ」ベスは皮肉っぽく言った。ここで否定してもしかたがない。つまり彼は以前、どこで私と会ったかを思い出したのよね?それなのに、よくもこの玄関に立てたものだわ。

「正確にはちょっと違うな。調査員を雇って調べたおかげで、やっと記憶がよみがえったんだよ」

「残念だけど、それはお金の無駄だったわね。私は休暇で出かけるところなの。でも、ずいぶん長いこと猫を追いまわしていたおかげで、すっかり遅くなってしまったわ。悪いけれど、帰ってもらえるかしら?」ベスはノブをつかみ、ダンテの鼻先でドアをぴしゃりと閉めようとした。

「そう早くは帰れない」ダンテはドアの隙間に片足を入れた。「君に話があるんだ」

「あら、ついてないわね。だって私にはなにも言うことがないもの」ベスは向きを変え、かろうじて癇癪《かんしゃく》を抑えながらキャリーバッグを取りに行った。

しかし、ダンテ・カンナヴァーロのせいで失った時間と味わった苦痛を思い出すと、今さら失うものはなにもないという気になり、くるりと向き直った。

「一つだけあったわ。私を調べるなんて、よくもそんなずうずうしいまねができたものね。それでも弁護士？　あなたに出会ってしまうなんて、なんて運が悪いのかしら。あなたほど傲慢で、ずる賢くて、ごまかし上手で、嘘《うそ》つきの最低男はほかにいないもの。わかった？　じゃあ、もう帰って」

ダンテは花崗岩《かこうがん》の彫刻のような顔に険しい表情を浮かべ、怒りの言葉を吐くベスを見つめていたが、ふいに動いて長い腕を彼女の腰にまわした。大きな手を広げて背中にあて、もう一方の手を頭の後ろにやって、ベスの体を自分の方に引き寄せる。そして顔を近づけ、激しく唇を重ねた。ショックと怒りからベスが必死に身を引こうとしても、ダンテの両手にしっかりととらえられていて動けない。抵抗を試みても、相手の力はあまりに強すぎた。そのうえ恥ずかしいことに、襲われていたのは激しい嫌悪感ではなかった。全身を駆けめぐる浮きたつような感覚の波にのまれ、その中でもがいていた。

ベスは死にもの狂いでダンテを押しやろうとした。しかし硬い胸板にぴったり抱き寄せられていては、広い肩に爪を立てるのが精いっぱいで、その間も刺激的なキスが危険な感覚をかきたてる。それでもなおあらがおうとしたが、ダンテはベスの口を深くさぐり、体の奥底に熱い興奮の炎をともした。ふと気がつけば、ベスはいつしか爪を立てるのをやめ、彼にしがみついていた。

こんなことはありえない！　私はこの男を憎んでいるのに。ベスは激しく抵抗し、その反動で二人の体が壁にぶつかると、ダンテによってそこに押しつけられた。男らしい熱い香りが鼻をくすぐり、たくましい筋肉の力強さを感じる。はっきりと高ぶっている体は、彼女自身の体と驚くほど親密に触れ合っていた。ベスにとって、こんな経験をするのは生まれて初めてだった。

頭を上げたダンテの顔を見て、思わず息をのんだ。魅惑的な黒い目がじっとこちらを見つめている。それから長い指が布地の下にすべりこみ、張りつめた彼女の胸の先に軽く触れた。体が反射的に弓なりにそり返り、ベスは喉の奥からもれそうになるうめき声を必死にこらえなければならなかった。

「君は自分を抑えられない。僕が欲しいんだ」

「違う。私はあなたを憎んでいるのよ」

ダンテの顔がふいに冷たくよそよそしくなった。彼は体をまっすぐ起こし、ベスをさらに引き寄せた。「だったら、さっさと憎め。だが、君は運がいいと思うんだな。キスだけですんだんだから。さっき君が言ったことを男が口にしたなら、そいつは今ごろ床の上で伸びている。僕の人格を中傷するようなことは誰にも言わせない。とくに、君のような前科者には絶対に。わかったか？」

すっかり動揺したベスは、押し寄せる興奮を必死にこらえながらダンテの言葉を聞いていた。おかげで、冷たいシャワーを浴びるよりも目が覚めた。まったく、いかにもこの傲慢な悪魔が言いそうなことじゃない？　ベスは苦々しげにかぶりを振った。

「さてと、じゃあ、本題に入ろう」ダンテはベスから手を離し、一歩後ろに下がって……キャリーバッグにつまずいた。その足元からピンキーがさっと飛び出す。ダンテは必死に猫をよけようとしたが、結局は失敗し、床に倒れこんだ。

ベスは笑った。これこそまさに悪行の報いというものだ。あのハンサムな顔に浮かぶあぜんとした表情には、はかりしれない価値があった。

「力のある人ってこんなふうに倒れるものなのね」ベスはあざけり、怒り狂った彼が立ちあがるのを無視して、ピンキーを抱きあげた。「ほらほら、ピンキー」そう言って居間に入り、愛猫をやさしく抱きしめる。「わかっているわ。意地悪な男があなたを蹴ったのね。でも大丈夫、もういなくなるから」

ダンテは体をまっすぐ起こした。今なにが起こったのか、よくわからない。獰猛《どうもう》な獣のようにキスをしていたかと思ったら、次の瞬間には床に倒れているとは！　舌の上にはまだ彼女の味が残っている。ベスでもジェーンでもどちらでもいいが、ここにいる女性は官能的にも身体的にもダンテを打ちまかしていた。こんなことは人生で初めてだ。

「僕は猫を蹴っていないぞ」プライドがひどく傷ついていた。この女性は何者だ？　彼女のなにのせいで、僕は粗野で不器用なまぬけになってしまうんだ？　子供のころから自分の足につまずいたことなど一度もないのに。ダンテはじっとベスを見つめた。

「この子が入っているバッグを蹴ったでしょう。だったら、この子を蹴ったのと同じじゃないの。そうよね、ピンキー？」

猫に質問するなんて信じられない。もしかして僕は異次元にさまよいこんでしまったのか？　彼女はひょっとして魔女で、猫はその使い魔なのか？

ダンテは首を振り、頭をはっきりさせようとした。この女性と一緒にいると、気が変になってしまう。だとしたら、感受性が強く若い弟に勝ち目などあるだろうか？　いや、ない。だからこそ、僕はここに来た。トニーの人生から彼女を追い払わなくては。

「僕はどこにも行かないし、君も行かせない。きちんと話をするまでは」その言葉を強調するためにジャケットを脱ぎ、暖炉の側面に置かれたソファの肘掛けに放り投げ、自分も腰を下ろした。

現実主義者であるベスは、ダンテ・カンナヴァーロの顔に冷たい決意が浮かんでいることに気づいた。廊下での情熱的な幕間劇《まくあい》は、彼が言ったとおりのものだった。彼の善良な人格を厚かましくも否定したから、私は罰を受けたのだ。でもどちらの言い分がより笑えるだろう、とベスは思った。私に言わせれば、彼は善良な人格など持ち合わせていないのに。

「五分あげる」ベスは唇をゆがめ、彼の向かいのソファに腰かけると、猫にキスをして脇に下ろした。「行きなさい、ビンキー。出かける前に、キッチンをもうひとまわりするといいわ」

「君はいつも猫に話しかけているのか？」

まだ体に残っている熱を無視して、ベスは冷ややかな視線をダンテに向けた。「いつもというわけじゃないわ。でも、ビンキーは私が今までに出会った数少ない誠実な男性で、すごく人を見る目があるのよ」ちらりとビンキーを見る。赤褐色の猫はまっすぐダンテの方に歩いていき、背中をまるめて毛を逆立てた。「あなたの人となりを見抜いたみたいね」ベスはそっけなく言った。

「その猫は僕を嫌っているんだ」ダンテはわかりきったことを言い、同じくらいの嫌悪感をこめて背中をまるめている動物を見つめた。驚いたことにベスの声を聞くと、猫は振り返って女主人を見あげ、素足にゆっくり体をこすりつけてからドアの外に出ていった。

ベスは肩をすくめた。「ビンキーは雄猫で、あなたはあの子の縄張りに入りこんだ見知らぬ男だもの。猫が縄張りを守るのは生まれながらの本能だわ」

「見知らぬってわけでもないだろう。僕は君をずっと前から知っているんだぞ、ジェーン」

ダンテはソファにゆったり座り、すっかりくつろいでいた。恥ずかしいことに、そのにおいたつような男らしい魅力に体が反応したベスは、彼と自身に対して怒りをふたたび燃えあがらせた。

「ジェーンと呼べば、私をおびえさせられると思っているなら忘れたほうがいいわ」ベスはそっけなく言った。「私はもう無邪気《イノセント》な十代じゃない。あなたが脅せる被告人じゃないのよ」

「無罪《イノセント》だと！　陪審員は全員一致で、百パーセント有罪だという判決を出した気がするんだが」

「それって、あなたが彼らをまるめこんで出させた結果のことかしら？」

「今のはどういう意味だ？」

ベスはかぶりを振った。ここで言い争ってなんになるの？　この男のせいで、私はすでに人生の十八カ月を失ったのだ。これ以上無駄にするつもりはない。ベスは立ちあがり、ダンテにわざとゆっくり視線をやった。危険な魅力をたたえた顔、広い肩、開いた襟元からのぞく黒い毛、そしてさらに下へ……。

ダンテ・カンナヴァーロは男らしさの最高の見本で、どんな女性も興奮させる力を持っている。二人が惹《ひ》かれ合っている、という彼の言葉は正しい。こうして怒りに駆られていても、性的な緊張感が揺らめいているのが感じられるが、それでも彼が嘘つきの軽蔑すべき男であることに変わりはなかった。

「私の名前はベスよ。そして、あなたは招かれてもいないのに私の家にいる。話があるらしいけど、今のところ初めて聞く話は全然ないわね。だったら、さっさと本題に入れば？　あなたのおかげってわけじゃないけど、現在の私には生活があるの。前向きに生きていく人生があるのよ」ベスはわざとらしく腕時計に目をやり、それからふたたび彼を見た。「二分あげる。そのあと、私は出かけるわ」

「前科者にしてはずいぶん自信満々だな。だが、僕が君の過去をトニーに話しても、そんなに自信たっぷりでいられるかな？」ダンテはやわらかなクッションにもたれかかった。

「君がどんな女かは、被告席で初めて見たときにわかったよ。んだってするんだ。夢中になっている若い男を破滅させることさえいとわない。そして今、君はトニーも同じくらい夢中にさせ、結婚を望むように仕向けた。ただ、できるからというだけの理由で。あるいは……こっちの可能性のほうが高いが、金がめあてでだ」

ベスは思わず笑ってしまった。「それを聞いたら、弟さんはあまり喜ばないんじゃないの？　でも、話したければ勝手にどうぞ。私はかまわないわ。トニーも気にしないと思うわよ。あの年ごろの人はね、前科者のガールフレンドを持つのをかっこいいと思ったりするものなの」

「そうかもしれない。だが、これはただの脅しじゃないぞ。このアパートメントを出ていき、トニーにはかまうな。つき合いはいっさい認めない。さもないと、君の雇い主に正体をばらす。有罪判決を受けたドラッグの売人で、十八カ月服役したとね。たぶん、そのことは履歴書から省かれていたはずだ。〈スティール・アンド・ホワイト〉はまっとうな会社だし、そういう省略を快く思わないだろうな。君は職を失い、せっかく巧妙につくりあげた評判もだいなしになるんだ」

話を聞くにつれ、ベスの怒りはどんどんつのった。彼はあのバーベキューパーティのあとすぐに、私について調べさせたに違いない。でなければ、月曜日に辞表を出したことを知っているはずだ。男性のことはよく知らなくても、私は愚か者ではない。先ほどの行動には驚き、興奮もしたけれど、絶対に彼のほうも同じくらい高ぶっていた。だとしたら、なにもかも弟のためだけにしていることとはとても思えない！

この男はかつて私を破滅させ、今また同じことをしようとしている。けれど、彼は自分で思っているほどには賢くない。刑務所生活を経験したおかげで、ベスは自分の体と感情を厳しく律することを学んでいた。それでも、殊勝ぶっているまぬけな男を苦しめたいという気持ちには逆らえなかった。

「そういうことになるかもしれないわね」眉一つ動かさずに言う。「でも私は優秀な会計士だから、仕事はいくらでもあるの。なんだったら自分で事務所を立ちあげてもいいし。どうやらじっくり考えていなかったみたいね。だって、これから一生私をつけまわすことを除けば、あなたにできることはたいしてないんだもの。あなたの言うところによれば、私は罪を犯した。でも、ちゃんと服役して更生したわ。証書をつくって改名したことなら、あれは完全に合法よ。そして六年以上もの間、ずっと正直に生きてきた。あなたにも同じことが言える？　私はそうは思わないわ。さっきの脅しだけど、あんなもの痛くもかゆくもないわね。刑務所に入れられたおかげで神経が図太くなったから、あなたが言うことなんかきく気はないの。でもそれで気が休まるなら、教えてあげる。あなたの弟と結婚するつもりはないわ。ついでに言えば、ほかの誰ともね。さあ、二分たったわよ。もう帰って」

ダンテが立ちあがり、勝ったと思ったベスはドアの方に向かった。しかし大きな手に腕をつかまれ、無理やり振り向かされた。

「そう早くは帰れない」ダンテはきっぱり言った。不愉快ではあるが、ベスの威勢のいい返事に嘘も間違いもないのはわかっていた。出所以来、彼女が非の打ちどころのない生活を送っていることは、調査報告書が裏づけている。しかし彼の目から見れば、それで犯した罪が軽くなるわけではなかった。ただし、これから言おうとしていたことについては考え直さざるをえないだろう。ダンテは目を細くして、じっとベスを見つめた。ベスはわずかに頬を赤らめ、大きな緑色の目に怒りをたたえて彼をにらんでいる。僕に挑もうとするとはいい度胸だ。ダンテは感心したが、それでも心を変えて彼女を解放しようとは思わなかった。もちろんその理由は、どんどん強くなっていく下腹部のうずきとはまったく関係ない！

「話はまだ終わっていないぞ、ベス。君のよき友クライブ・ハンプトンのことを言うひまがなかったからね。たしか、君の刑務所仲間の弁護士だったな」

ベスは凍りついた。「クライブですって？」

「彼はいい弁護士だ。慈善活動で有名で、もうすぐ引退するそうだね。新年の叙勲リストに名前があがっているという噂《うわさ》もある」ダンテはベスを見つめつづけた。「君との友情で、その名声がだいなしになるのは実に残念だ。もしかしたら、貴族院に弁護士資格を剥奪《はくだつ》されることもあるかもしれないな」

「そんな……そんなことはできないわ。クライブは私が知っている中でいちばん思いやりがあって、誠実な人よ。法を破るようなことも一度だってしていない」

「法を破ってはいなくても、君と親しくしていれば、法を曲げたと受け取られる可能性があるんだよ。彼は君を刑務所に迎えに行き、住む場所を見つけてやり、改名したことを知らせないまま知り合いに推薦して、会計事務所に就職させた。それに君の刑務所仲間、へレン・ジャクソンのこともある。彼女の離婚手続きをしたのは彼だし、のちには殺人容疑に対する弁護もしている。そんなわけで、ヘレンはクライブにとってただの依頼人ではないという噂があったんだよ。そこに今度は君のような美人が登場すれば、話はますますおもしろくなって、タブロイド紙は大はしゃぎするだろうな」

「私はニュースになるような人間じゃないし、ヘレンはもう亡くなっているのよ。そんな昔話をメディアがわざわざ蒸し返そうとするかしら？」きいてはみたものの、ベスはすでに答えを知っていた。

「僕はメディアにコネがある。だから、そうなるようにできるんだ」人の名声を傷つけることなどなんでもないというように、ダンテは肩をすくめた。

ベスは一瞬言葉を失い、ただ彼を見つめた。「本当にクライブを――知り合いの誰からも尊敬されている人を破滅させるというの？　私がいかがわしい犯罪者で、あなたの弟とそのお金を狙っていると考えているから？　ただそれだけの理由で？」

「考える必要はない。知っているからね。君が前科者だということも、そのありあまる魅力を使って若いティモシーをたらしこんだことも。そして同じことをトニーにしようとしている。金については……よくわからないが、ヘレンが君に家一軒とかなりの大金を遺《のこ》したことはわかっているんだ。君が男を罠にかける才能は、女にも効果があるのかもしれないな」ダンテは肩をすくめた。「そっちは僕の知ったことじゃないが、トニーのことは違う。僕はかつて君をとめた。今度もとめてみせるよ」

「まるで私が西の悪い魔女みたいな言い方ね」

彼は唇の端をゆがめたが、なにも言わなかった。

しかし返事がなくても、ベスは驚かなかった。この男性にはユーモアのセンスがない。さっきはほんの少しだけ、笑ったような気がしたけれど。

真実を話す、という手はある。ティモシー・ビューイックとジェームズ・ハドソンがまんまと私をはめ、裁判で嘘をついたと打ち明けるのだ。しかし、それになんの意味がある？　八年前にも無罪を主張したけれど、陪審員は有罪判決を下した。ダンテ・カンナヴァーロはもう態度を決めていて、今さら私がなにを言っても変わることはないだろう。

「いいわ。あなたの勝ちよ」ベスは認めた。早くここから逃げ出さなければならない。彼を強く意識しすぎてしまっているから。その唇を見つめ、ほほえみの気配をさがしているから……。「本当は休暇で出かけるだけのつもりだったけど、これからずっとデヴォンにいることにするわ」

いつか海辺で暮らすという夢にはずっと憧れていたし、クライブと話し合ったあと、決心するのは簡単だった。この二週間でガレージを離れに改装する計画は完成して届出もすませたし、建築業者も手配ずみだ。しかし、ダンテ・カンナヴァーロに教えてやる理由はない。そんなことをすれば、彼の途方もないうぬぼれをますます増長させるだけだろう。

「ただしアパートメントを片づけて、トニーに預けた鍵を受け取らなければならないから、数日だけ戻ってくるわ。でもそのあとは、あなたもトニーも二度と私の顔を見なくてすむわよ。これで満足？」

「いや……満足とは言えないな」

「でも、欲しかったものは手に入ったでしょう？」ベスは当惑し、そのとき初めてダンテが自分を見つめる目に気づいた。値踏みするようなまなざしが体をゆっくり眺めまわし、最後に顔を見つめる。腕をつかむ手に力がこもり、ベスは一瞬動けなくなった。あからさまに欲望を浮かべた目から視線をはずせず、ふいに怖くなってきた。恐ろしいのはダンテではなく、自分自身だった。彼と同じ熱い欲望にとらわれ、体が反応していることをもはや無視するわけにはいかなくなっていた。

「だが、すべてが手に入ったわけではない。君は経験豊富で、洗練された女性だ。だからこそクライブ・ハンプトンは、君とベッドをともにする特権のために評判を損なう危険を冒したんだ」

「あきれたわ。最低ね。クライブは――」

「否定しなくていいよ。今でもつき合いを続けていて、週末をときどきリッチモンドの彼の家で過ごしているんだろう？　ほかに何人の男が、君のその体を楽しんだのかな？」

「そこまで卑劣で下品なでたらめは、今まで聞いたことがないわ。クライブと寝たことは一度もないわよ。彼は本当に立派な人だもの。そして、あなたは本当に第一級の人でなしね。そうじゃない？」

ベスの怒りが本物で、彼女が真実を話していることはダンテにもはっきりわかった。実を言えば、クライブがベスの恋人だと本気で疑ったことはなかった。自分の思いをかなえるために策略として利用しただけで、ダンテは少し恥ずかしくなった。ベスのエメラルド色の目の中には、怒りだけでなく苦痛も浮かんでいたからだ。「少しきつくあたりすぎたかもしれないな。だが、君のほかの愛人のことはどうでもいい。問題はトニーだけだ」

「トニーは恋人じゃないわ。友達よ。私にだって多少はいるの」

「そうだろうな」ダンテが指でベスの頬を撫《な》で、彼女は思わず息をのんだ。「君はすてきな女性だし、たとえ僕がずっとデヴォンにいるという話を信じたとしても、さっき君も言ったように、この先一生つけまわすことはできない。だったら、どうしてトニーを家によぶのをやめさせられる？　トニーは弟で、心から愛しているが、あいつはまだ若くて結婚するには早い。だが衝動的なやつだから、あっさり結婚してしまいかねないんだよ。そんな危険を冒すわけにはいかない。だからこそ、僕はトニーを完全に君から自由にしたいんだ」

〝自由〟という言葉を聞いた瞬間、ベスはこう叫びたい衝動を必死に抑えこんだ。私の自由はどうなるの？　でも、この男はかつて無慈悲にも私の自由を奪った。機会さえあれば、また同じことをするに決まっている。

ベスのいらだちを感じ取ったかのように、ダンテは彼女を放し、一歩後ろに下がって手で髪をすいた。「君と争っても別に楽しくないんだよ、ベス。人生を変えることに成功したのはわかっているが、君はやはり君なんだ。僕の立場になって考えてみてくれないか。若い弟がいて、有罪判決を受けた元ドラッグの売人と結婚したがっているとしたら、そのことをうれしく思うか？」

そういう言い方をされれば、もっともな話だとわかる。「いいえ、思わないでしょうね」

「僕はただトニーを守りたいだけなんだ。わかってほしい」ダンテはソファに腰を下ろし、ちらりとベスを見た。「そのためには君をトニーの人生から追い出さなければならない」口元に苦笑が浮かぶ。「実は今朝、アメリカから戻ったばかりなんだよ。もしコーヒーをいれてもらえれば、僕の頭もすっきりして、この問題に関して互いに納得できる解決策を見つけられるかもしれない」

「いいわ。ちょうど私も飲みたかったところだし」

ダンテの圧倒的な存在感から逃れられてほっとしながら、ベスはキッチンに向かった。何度か深呼吸をくり返し、いまだに激しい鼓動を静める。手は勝手にコーヒーメーカーをいじっていたが、頭の中は大混乱していた。ほかにどんな解決策があるというの？　私を外モンゴルに流刑にするとか？

ベスは心を決めた。今できるのは真実を語ることだけだ。冷静に簡潔に話をすれば、ダンテ・カンナヴァーロも私の言葉に耳を傾け、弟のことは心配しなくていいとわかってくれるかもしれない。トニーとはただの友達で、男女の関係はないこと、いずれにしても本当に出ていくつもりであることをもう一度説明しよう。すでに辞表を提出した事実を会社に確認してもらってもいい。でも、それで本当に納得してくれるだろうか?

ベスは二つのカップをトレイに載せ、居間に運んでいった。しかし、ダンテの姿はない。そのとき、カーテンが引かれる音が聞こえ、彼がどこにいるかがわかった。ベスはあわてて居間を出て、隣の寝室に飛びこんだ。ダンテはカーテンが半分開いた出窓のそばに立っていた。

「ここでなにをしているの?」大好きな寝室にダンテ・カンナヴァーロがいる。全身から男らしさを発散させて、脚を少し開き、窓の外を見つめている。ここに男性を入れたことはかつて一度もないけれど、目の前のその光景はとても誘惑的だった。

寝室は広くて天井が高く、ミントグリーンとアイボリーで統一されていた。一方の壁際にはベッドが、別の壁際には衣装だんすと化粧台が置かれている。窓のそばには、ベスの自慢の種であるアンティークの書き物机があった。

「このあたりの駐車スペースには詳しくなくてね。それで車をチェックしたいと思ったんだ。届いてまだ三週間で、そのうち二週間は海外に行っていたし、大丈夫かどうか確かめたかったんだよ」ダンテは悲しそうにほほえんだ。「正直に言うと、僕は車にひそかな喜びを感じているんだ。どうしても買わずにいられないうえに、別のに変えずにいられない。年代物から最新モデルまで、今も十二台持っているよ。十台はイタリアに、二台はこっちに置いてある」

ダンテがまたほほえみ、ベスはどきりとした。車の話をしている彼は、とても人間らしく見える。

「あなたがそんなに車好きだとは思ってもみなかったわ。だったら、私の車の面倒を見てくれている男性に会ってみるべきね。筋金入りのマニアだから」

「君の車というのは外にとめてある、ちょっと変わった白い車かな?」

「ええ……」ベスは愛車をとても自慢に思っており、実は名前までつけていた。

「とてもいい……」ダンテは窓に目をやるのをやめ、ベスの方を向いた。「ああ、コーヒーだね」歩いてきてカップを一つ取り、また窓辺に戻る。「君の車の塗装はきわめて独創的だ。ここに来て、意味を説明してくれないか」

ベスはトレイを化粧台に置き、窓のそばに行った。彼女のフォルクスワーゲンの後ろに、流線型の黒いフェラーリがとまっている。そのあまりのすばらしさにベスは目をみはり、彼が車を心配するのも無理はないと納得した。ただし、こんなふうに並んで立っているのは好ましいことではない。さっさと車の話をして、早く彼をこの寝室とアパートメントから追い出そう。それが私の望んでいること……そうよね？

「側面のターコイズ色の渦巻きは波よ。よく目をこらせば、波頭に人魚と〝ジェス〟という名前が見えるわ。以前は落書き芸術家《グラフィティ・アーティスト》で、車を盗んでばかりいた人が、今は機械工の見習いになってこの近くの修理工場で働いているの。彼があの車を私に合わせてデザインしようと言ってくれて、二人で絵柄を考えたのよ」

「ジェスというのはその男の名前か？」

「まさか、違うわ。ジェスは長い間、私の親友だった人なの。今はもういないけど」子供のころ、ベスはジェスという名の架空の友達を頭の中でつくっていた。ふたたびその友達のことを思い出したのは、刑務所の中で深い孤独と絶望にさいなまれたときだった。けれども、いい大人がそんな子供じみた遊びをいつまでも覚えているなんて悲しすぎる。ベスはため息をついた。こんなことでは、過去から本当に自由になる日など永久にこないかもしれない。

　ダンテがコーヒーを窓枠に置き、一歩近づいた。「悲しいことを思い出させたなら、すまなかった、ベス。君はそう思っていないだろうが、僕はなにも害を及ぼしたいわけじゃない。ただトニーの人生から出ていってほしいだけなんだ。弟はまだ若くて、結婚を考えるには早すぎるからね」

　ベスはダンテの黒い目をのぞきこんだ。今はもう険しくも残酷でもなく、本物のやさしさと温かさで輝いているかのようだ。しかし以前にころりとだまされたことを思い出し、すべてを説明するかどうか、もう一度よく考え直した。

「私の知る限りでは、トニーはちゃんと自分で自分の面倒を見ているわ。まあ、彼もマイクも、ミルクだの砂糖だのをやたらと借りには来るけど。でも、友達ってそんなものでしょう？　それに、あなたは完全に思い違いをしているわ。トニーは私とも、誰とも結婚したがっていない。だって、しょっちゅうそう言っているもの。私と婚約したいようなことを言った理由は一つだけ……ただあなたの鼻を明かしたかったからなのよ」

ベスはまっすぐダンテを見つめた。

「女性を品定めすることに関しては、あなたはかなりの大家らしいわね。だからトニーは思ったの、私をそばに置いておけば自分の株が上がるだろうって。あれはただの冗談だった。私もはずみで調子を合わせてしまったけど、今思えば間違っていたわ。そうでなければ、あなたがここにいることはなかったはずだもの。それと、私は本当に誰とも結婚する気がないのよ。自立していることこそ大事だと思っているから、それを失うような危険は二度と冒したくない。お金については別に困っていないし、ここからも本当に引っ越すつもりでいるわ。信じられなければ、会社に電話してみて。私が五日前に辞めたことを教えてくれるはずよ」

「その必要はないよ、ベス。君を信じよう。トニーは昔からちょっとばかりいたずらが好きだからな。君は美しく、男なら誰でもベッドに誘いたくなる女性だ。僕だってそうだ。二人の大人が同意のうえでつき合うなら問題はない。だが……トニーは君や僕とは違う。まだ理想を信じていて、愛とセックスを同じものととらえているんだよ。とはいえ、やはり僕はやりすぎて、君に少々厳しくあたってしまったのかもしれない」

この人が私の言葉を信じるなんて。ベスはあっけにとられた。しかしそれよりもっと驚いたのは、ダンテが彼女を求めていて、〝ベッドに誘いたい女性〟に分類したことだ。顔を上げて彼の目の奥にきらめくものを見たベスは、震えるように息をのんだ。「あなたらしくないわ。今まで私の言葉を信じたことなんて一度もなかったのに」

「気が変わるのは女性の特権というわけじゃない。再会して気づいたんだ、もしかしたら君を見誤っていたかもしれないと。新しい人生を生きている事実には本当に感心した。信じられないほどすばらしい女性だな」そう言いながら顔を近づけ、ダンテはベスの唇に軽くキスをした。

4

ベスはまじまじとダンテを見つめ、無意識のうちに舌で唇をなぞった。頬を赤く染めながら、必死になって彼の行動を理解しようとする。キスのせいで、この男が敵であることを忘れてしまった。かつて私の人生をめちゃくちゃにした相手なのに。

「本当に私を信じているの?」

「そう言ったはずだ。だが、それで僕の問題が解決するわけじゃない」

「問題って?」

「そんなふうに僕を見るな、ベス」ダンテがかすれた声で言った。「とにかく聞いてくれ。君が仕事を辞める必要はない。本当に辞めたいなら、話は別だがね。改名のことやクライブのことも、誰にも言わない。それでも、君がここを出てトニーから離れるまでは安心できないんだ。そこで考えたんだが、僕が別のアパートメントを見つけよう。金銭的な負担はいっさいかけないと約束するよ」

先ほどのキスのせいでまだ体が震えていたので、混乱したベスの頭にその言葉の意味がしみこむまでには少し時間がかかった。しかし、なんと言われたのか正確に思い出したとき、ベスははたと気づいた。彼は私を信じていない。本当は全然信用していないのだ。やっぱりなにも変わっていなかった……。

別のアパートメントを提供するという申し出と、お金を出すとほのめかす言葉、そしてダンテの評判と私を求めていてキスをしたことを考え合わせると、もしかしたら彼が期待しているのは……。

ベスはダンテをちらりと見た。もし彼が本気でそう考えているとして、それが私にとってそんなにいやなことだろうか？　正直に認めてしまえば、たぶんそれほどいやではない。先ほどのキスのせいでまだ体はほてっているし、彼を見つめるだけでさらに熱は増しているのだから……。しかし、ベスは愛人には向いていなかった。かつて自由を求めて死ぬほど苦しんだ以上、誰のためであれ、もう二度と手放すつもりはなかった。

次に、ダンテ・カンナヴァーロがずっと夢に現れつづけていることを考えた。彼の頭の中の私はありとあらゆる罪を犯している存在だけど、もしかしたら二十七歳になった今こそ、本当に罪というものを味わうべきなのかもしれない。その相手として、今目の前にいる男性くらいふさわしい人はいないのでは？　そうすれば彼を頭からも人生からも、永久に追い払えるのではないかしら？

少なくとも、そのときには彼に教えてやれるだろう。私を魔性の女呼ばわりし、愛人を何人もはべらせていると非難したのはまったくの見当違いだったことを。そうすれば彼のためにもなるかもしれない。自分が完全無欠でないと知れば、今後は人を簡単に判断しなくなるんじゃない？　ベスはそう理屈をつけたが、正直に言えばそれだけが理由でないのはわかっていた。体が彼を求めていたのだ。今までどんな男性にもこんなふうに感じたことはなかったのに。

「それも悪くないわね」心は決まった。男性を誘惑した経験はなかったが、何事にも初めはあるものだ。ベスは目を軽く閉じ、震える息を吸いこんでゆっくり顔を上げると、長いまつげ越しにちらりと彼を見て唇を湿らせた。「よく考えてみるわ」

「よかった」ダンテはベスの腰に手をまわし、肌が露出している部分に長い指を広げた。彼に触れられ、ベスは身を震わせた。「君なら良識ある行動をしてくれると思っていたよ、ベス」その最後の言葉とともに、彼女をそっと引き寄せ、ふたたび唇を奪った。

これは良識ある行動なんかじゃない。ベスは一瞬、パニックに陥った。しかし、夏の午後の太陽が部屋を暖めるとともに鼓動が速まり、体が熱く感じやすくなっていった。間違ったことだ、と理性は警告を発している。けれどもベスはその声を無視し、ほっそりした体を弓なりにしてダンテにぴったり寄り添った。情熱的な長いキスによって、頭からは分別がきれいさっぱり消し去られていた。

固く目を閉じたベスは胸のふくらみが張りつめ、太腿の間がうるおうのを感じていた。

なにも見えないまま、今まで存在さえも知らなかったエロティックな感覚にひたっていると、知らず知らずのうちに両手はダンテの腕をつかんでいた。シルクのシャツ越しに彼の体の熱が伝わってきて、ベスの指がたくましい腕の筋肉をなぞり、肩へと上がっていく。ダンテを初めて見たとき、瞬時に親近感を覚えたけれど、あのときはなぜだかわからなかった。でも、今ならわかる。ベスは細胞の一つ一つでしっかりその理由を理解していた。

ダンテが唇を離し、ベスは彼にしがみついたまま顔を上げた。エメラルド色の目をゆっくり開けると、情熱的なキスで腫れた唇も少し開いた。

「ああ、君《ディオ》はなんてきれいなんだ」ダンテはうめくように言い、ベスの額にかかっていた髪を払いのけた。長い指が優美な眉をそっと撫《な》で、頬を通り過ぎて最後にふっくらとした唇の輪郭をなぞる。「本当にきれいだよ」

さらなるキスと、ベスの背中から腰、むき出しの太腿へと熱っぽく動いていく手のせいで、全身を焼きつくさんばかりの白熱の炎が燃えあがった気がした。彼女は飢えたようにキスを求めつづけ、両手をダンテの首にまわして豊かな髪に指をからめた。

キスをしたまま、ダンテはベスをベッドに運んでいき、自分も隣に横になった。大きな体が押しつけられ、焼けつくような熱いキスが続く。まるで彼は自分をとめられないかのようだった。

「待って……」ベスはつぶやいた。心臓が早鐘を打ち、彼によって目覚めさせられた感覚があまりに強烈で、本当にいいのだろうかと不安になっていた。けれども、すぐに気持ちは変わった。

「どうして待つ？」ダンテがかすれた声で言った。「会った瞬間から、ずっと君が欲しかった。君も同じように感じていたはずだ」じっとベスを見つめる黒い目は燃えるようだ。「そうだと言ってくれ」

シャツを脱ぎ捨てたダンテにベスは息をのみ、その瞬間悟った。彼の言葉を否定することはできないし、否定したくもない、と。「ええ、そうよ……」黒い胸毛が薄く生えた広くたくましい金色の胸に、ベスはすっかり心を奪われていた。子供のようにいそいそと手を伸ばし、やさしく指を走らせる。

ダンテは身を引き、うわずった声で言った。「すぐに、どこでも好きなところに触らせてあげるよ」

長年の経験による手際のよさで、彼はまたたく間にベスの服を取り去り、自分の残りの服も脱いだ。

全裸の男性を見るのは生まれて初めてだった。広い肩も平らな腹部も、ダンテは本当にすばらしい。力強い興奮の証《あかし》に、ベスは目をみはった。なんとなく怖いけれど、やっぱり興味をそそられ、金色に日焼けした大きな体にうっとりする。自分が生まれたままの姿であることにも、高ぶった男性の香りにも恥ずかしがっているひまはなかった。ダンテの硬い筋肉が強力な媚薬《びやく》ででもあるかのように、体の中で興奮がはじけている。これがセックスというものなのね、とベスは思い、それを最後に考えるのをいっさいやめた。

ダンテの両手と唇が体じゅうに触れていくと、信じがたい感覚が全身を焼きつくし、なにもかもがわからなくなった。わかるのは、今この瞬間だけ。舌と唇が這《は》い、歯を立てるといった胸への情熱的な愛撫《あいぶ》は延々と続き、いつしかベスはダンテの頭の後ろに手をあててさらなる喜びを求めていた。

ダンテが体をずらし、ふたたびキスをした。その間ベスは広い背中に手をまわし、サテンのようになめらかな肌を撫で、背中をたどってさらにもっと下をめざした。けれど、体を起こしたダンテにぎらぎらした目でじっと見つめられ、怖くなる。すると彼が力強い両手で胸のふくらみを包みこみ、腰のくびれとヒップをなぞって、最後に脚を開かせた。

熱いうるおいに指が入れられ、敏感な場所を刺激されてベスは息をのみ、どうしようもなく震えた。

「気に入ったんだな」ダンテはうなるように言い、熱く燃えるような目でベスの目をのぞきこむと、胸の先にキスをし、同時に指を巧みに動かしつづけた。

ベスはなにも言えなかった。体の芯に野火のように広がる官能の嵐のせいで、息さえろくにできなかったのだ。伸ばした手を広くたくましい胸にさまよわせていると、やがてその手はするりと下に移動し、熱く硬い体を念入りにさぐっていた。彼が欲しい。情熱と渇望から、ベスはそう望んでいた。こんなふうに感じるのは生まれて初めてだ。「ベス……」ダンテはうなり、彼女の手首をつかんでベッドに押しつけた。「君は本当にこれを望んでいるのか?」

「ええ」ベスはすすり泣くように言い、ダンテの下で身もだえした。彼の唇と手、汗に濡《ぬ》れた力強い体が発する熱といったなにもかもによって、頭の中が真っ白になる。必死の思いでダンテの肩に両手をまわし、ベスは広い背中に爪を立てた。もはやなにもわからず、ただ彼だけを感じていた。

ダンテが太腿をそっと持ちあげ、ベスにおおいかぶさった。そして彼を求めてうずいている場所をやさしくさぐってから、少し強く体を進める。その瞬間引き裂くような鋭い痛みに襲われ、ベスの体はふいにこわばった。

動きをとめたダンテが、くすぶるような黒い目をショックで大きく見開いた。「そんなまさか!」

ベスは本能的に長い脚をダンテの腰に巻きつけた。低いうめき声をもらしたあと、ダンテがまたわずかに動いて、少しずつゆっくりとベスの体を押し広げ、彼を受け入れられるようにしていく。彼の体が深く沈められるにつれ、痛みは奇跡のように消え去り、代わりに想像を絶するほどの喜びがわきあがった。

ダンテの激しい鼓動が伝わってくるとともに、甘美な緊張がどんどん高まっていく。もう耐えきれないと思ったとき、ベスはダンテと一緒に万華鏡のようなめくるめく恍惚《こうこつ》の世界に落ちていき、えも言われぬ感覚と究極の満足を震えながら味わった。

目を閉じていると、すべての筋肉と神経が新しく生まれ変わった気がした。こんなすばらしい気持ちは、言葉ではけっして説明できない。ダンテと完全に一つになった高揚感にひたる一方で、ベスは彼の裸の体の重みと、荒い息遣いと、徐々に落ち着いていく激しい鼓動をいとしく思った。

やがて目を開けたとき、あおむけになったダンテが片肘をついて半身を起こし、じっとこちらを見おろしているのがわかった。頬を紅潮させ、緑色の目をエメラルドのように輝かせて、ベスは満面に笑みを浮かべた。

「ベス、君は最高に魅力あふれる、とんでもない驚きをもたらしてくれる女性だな」

彼女の笑みが少し小さくなった。今のはほめ言葉だろうか？　ダンテは眉をひそめているうえに、夜のように黒い目の中には怒りのきらめきも見て取れる。どうして彼は怒っているの？

「ダンテ？」ベスはけげんそうに彼の名を呼んだ。「やっと僕の名前を口にしたな。今のようなことをしたあとじゃ、少し遅いとは思わないか？」

ダンテの口調にはあざけるような響きがあり、ベスは凍りついた。いったい私はなにを期待していたの？　愛の告白とか？　そんなことは絶対にありえないのに。高揚感は一気に消え去り、彼女は現実に引き戻された。バーベキューパーティのときにも、ダンテは言っていた。二人は性的に惹《ひ》かれ合っているが、その衝動に従うわけにはいかない、と。

しかしダンテが婚約を解消した今、もはやそうではなくなった。これはただのセックス――彼がさまざまな女性を相手にいつもしていることにすぎない。私にとっては新しい経験でも、その事実は変わらないのだ。セックスはやっぱりただのセックスで、私は彼を頭から締め出すために体を許した。生涯最高のアイディアとは言えないけれど、私の言い分が正しいことは証明できた。

「でもよく言うじゃないの。遅くても、全然しないよりはましだって」ベスは無理やり明るく言った。「それに、この先もっとあなたの名前を呼ぶ必要があるとは思えないわ。問題は解決した。間違っていたってわかったでしょう？　私はトニーとも誰ともセックスしていない」ダンテから離れ、ベッドから足を下ろして立ちあがる。「そして、たぶんもう二度としない……一度でたくさんだから」

ベスは服をかき集め、ダンテにはけっして目を向けずにそそくさと着た。

その後も沈黙が続いていたとき、玄関でドアベルの音がした。「出るな」ダンテが命じる。

ベスは彼を無視してサンダルをはくと、両手で髪を撫でつけながら寝室を出た。たぶん、セールスマンだろう。しかし予想ははずれた。玄関に着く前に鍵のまわる音がして入ってきたのはトニーだった。

「ベス、もうとっくに出かけたかと思っていたよ。でも外に車があるから、どうしたのかなって」

「ピンキーのせいで遅れてしまったの」絶妙のタイミングで猫が廊下に現れ、ベスの足首に巻きついた。「そのあと、意外な――」

「トニー、会えてよかった。いつ戻ってくるのかと思っていたぞ」

ベスが体をこわばらせ、ちらりと後ろを振り返ると、ダンテは寝室のドアの柱にもたれかかっていた。スラックスははいているが、シャツのボタンは半分しかとまっていないし、髪は汗で額に張りついている。ベスは恥ずかしくて身の縮む思いだった。

「ダンテ！　ここでなにをしているんだ？」

「おまえに会いに来たんだよ。新しいフェラーリを見せようと思って。そしたら、間違ったドアをノックしてしまってね。ベスが出てきたから、コーヒーを飲みながら話をしていたんだ」ダンテは寝室を顎で指し示した。「ちょうど今、車がちゃんとあるかどうか窓から確認していたところだ」

ベスはその口の達者な返答に驚いたが、同時にほっとしてもいた。

「ああ！　その車なら見たよ。僕のいつもの駐車スペースにとまっていたから」トニーの青い目はベスとダンテを交互にちらちら見ていたが、最終的には彼女のほうに落ち着いた。

「君はたしか、一時に出発するはずだっただろう？　今は五時だよ。ずいぶんたくさんコーヒーを飲んだんだな」

ベスはかがんでビンキーを抱きあげた。いちばんいいのは真実を話すこと……あるいは真実の一部しか話さないことだ。「一時には出かけるはずだったわ。でも、ビンキーをつかまえてようやくキャリーバッグに入れたら、もう三時過ぎだったの。そのときドアベルが鳴ったものだから、私、バッグをしっかり閉めずに応対に出てしまったのよ。そしたらダンテが入ってきてバッグにつまずいて、ビンキーが飛び出して……ダンテはよろけて床に倒れてしまったの。すごい音がしたわ。なにせ体が大きいから」

トニーはにやついている。「猫につまずいて転んだのか？」

「ああ」ダンテはそっけなく言った。

「それは見たかったなあ」トニーはくすくす笑った。「でも、驚いたよ。ビンキーに危害を加えたのに、ベスに蹴り出されなかったなんて。ベスはあの猫をすごくかわいがっているんだぞ」

「トニー、ダンテは本当に息ができなくて苦しそうだったのよ」ベスは口をはさんだ。

「まあ、たしかに蹴り出そうかとは思ったけど」いつもと違ってダンテが当惑しているのを見ると、いくらか気分がせいせいした。

「息を切らすのは当然だよ。君や僕よりずっと年寄りなんだから」

トニーが兄の年齢を冷やかすのを聞き、ベスはほほえんだ。笑うか泣くか、道は二つに一つ。ダンテのせいで、涙ならもうじゅうぶん流した。だから、これ以上は一滴たりとも流さないつもりだった。

「そうね……。でも、すっかり遅くなってしまったわ。暗くなる前に向こうに着きたいなら、あなたたちにはもう帰ってもらわなくちゃ。私はビンキーをバッグに入れるわね。それでようやく出発よ」

「わかった。急いでいるんだね。うちの兄貴が足どめしてしまって、本当に謝るしかないよ」トニーはにやりとした。「でもやっぱり、君が戻るまではアパートメントのようすに目を配っておいたほうがいいんだろう？」

「ええ、もちろん」ベスはほほえまずにはいられなかった。トニーは手に負えないところもあるけれど、本当に気のいい若者だ。鉄面皮で傲慢な兄とは正反対……。トニーとマイクに会えなくなったら寂しいだろう、とベスはふと気づいた。二人の楽天的な生き方は、強壮剤のように私を元気づけてくれる。それでも、ここを出ていくのがいちばんいいのだ。

「聞こえただろう、兄貴。ベスは僕らに出ていってほしいんだよ。それと、忘れたのかもしれないから言っておくけど、あとで父さんと母さんの結婚記念パーティで会おう」トニーはドアの方を向いたが、すぐまた振り返った。「ああ、それはそうと、ダンテ、靴を忘れるなよ。裸足《はだし》なんて全然似合わないぞ」そう言い残し、彼は出ていった。

「それで、一度でじゅうぶんだって？」玄関のドアが閉まったとたん、ダンテはゆっくり言った。

ベスは猫を抱いたまま、まるで初めて見るような目でダンテを見つめた。「十二分なくらいよ」

「初めての相手だと言ってくれれば、もっと気を遣ったのに」

「冗談でしょう？　私の言うことなんか信じないくせに。もっとも、そのほうが都合がいいときには信じたふりをするけど」

「そうかもしれない。だが気になるんだよ、ベス。どうしてこんなに長くバージンのままでいたんだ？　いや、答えなくていい。わかったぞ……トニーはただからかっていただけだと君は言ったが、からかっていたのは弟ではなく、君なんじゃないのか？　それが手口なんだよ。若い男に気を持たせておいて、欲しがるものは与えてやらない。そのうち彼らは君にすっかりほれこみ、君の言うことならなんでもきくようになる。最初はティモシー・ビューイックで、今度はトニーというわけだ。たぶん、ほかにもおおぜいいるんだろう」ダンテは皮肉っぽく言った。

ほかにどんなことを言われようと、ここまでひどくは腹がたたなかっただろう。ベスはピンキーを下ろし、憤怒に頬を真っ赤に染めてダンテに近づいた。ダンテは無造作に両手をポケットに入れ、尊大に構えている。どこからどう見ても見識ある弁護士という感じで、これなら裁判のとき、陪審員が彼の言葉をうのみにしたのも無理はなかった。

「違うわ。でも、あなたが良心の痛みをやわらげるためにそう思いたいなら、どうぞご勝手に。どちらも知っていることだけれど、裁判のとき、あなたは私を魔性の女に仕立てあげた。私が若い男たちと寝て、彼らを操っていたなんて……。本当の嘘《うそ》つきはあなたよ。私がこの八年間してきたように、その事実をかかえて生きてみるといいわ。もしかしたら本当の良心が見つかるかもしれないわよ。まあ、たぶんそんなことはないでしょうね。あなたのような人に、良心なんかないはずだから」ベスの口調にははっきり嫌悪感が表れていた。「トニーとの関係については……私たちがただのいい友達だってことは見てわかったわよね？　あなたみたいな人に友達がいるかどうかは疑わしいけど」

ダンテは肩をすくめ、片方だけ手をポケットから出すと、ベスの熱をおびた頬を指でなぞり、顎を上げさせた。「神経が高ぶっているようだな。無理もないと言えば無理もないか。君がいつももてあそんでいる若い男たちにくらべると、僕はずっと年上だし、経験も積んでいる。おかげで、君はあてにしていた以上の喜びが味わえたんだぞ。だが君もずっと僕に協力的だったんだから、そうでないふりをするのはやめるんだな。君ほど積極的だった女性は今までにいないよ。それから、僕は法廷で嘘をついてはいない。弁護士としてほのめかしただけだ。そこには大きな違いがある、と」

ベスはかぶりを振り、ダンテから離れた。「ええ、そうね、あなたの言うとおりよ。私の場合、その違いとは無罪放免か、三年の実刑判決かだったけど」皮肉っぽく言う。「話がそれだけなら……もう十回くらい頼んでいるはずだけど、ここから出ていってくれる？あなたには二度と会いたくないの」

「それはお互いさまだ。安心していい。二度と来ないから」

「やっと互いに納得できる解決策が見つかったわ。これで決まりね。私たちは互いから遠く……大陸一つぶんくらい離れているほうがいいんじゃないかしら」それだけ言うとベスはキッチンに入り、ふたたびよみがえった苦痛と怒りを必死に抑えこんだ。

彼が憎い。今後は絶対にその事実を忘れないようにしなければ。愛と憎しみは同じコインの表と裏だと聞いたことがあるが、そんなふうに考えてはいけない。彼の体が与えてくれた喜びのことを考えてもだめだ。あれはただのセックスよ、とベスはまた自分に言い聞かせた。こうして過剰反応するのはたぶん、あまりに経験するのが遅すぎたせいだろう。


ベスを追いかけたい衝動を、ダンテは必死にこらえた。靴を見つけて足を入れ、居間に戻ってジャケットを取る。ここに来た目的は果たした。ベスは出ていき、トニーは彼女の影響下から解放されるだろう。それこそが僕の望んでいたことだったのに、どうしてこんなふうに最低の人間になりさがった気がするのか？　おそらく法廷での行為に関して、ベスに痛いところをつかれたせいだろう。それに、ベッドの中に関しても……。

奇妙なことに、ダンテはそのどちらにも罪悪感を抱いていた。彼にとってはなじみのない感情だった。しかし、僕は感情に流されるような人間ではない。この気持ちもいつかは消えるだろう。

ダンテは車に乗りこみ、振り返らずにその場から去った。ベスは驚くほど美しい女性だが、僕にはふさわしくない。妻としては資質に欠けるし、心の平安をおびやかす危険が高すぎて愛人にもできない。

それでもやはり、ある意味では称賛せずにいられない女性だ。ベスは完全に合法的な形で、ものの見事に人生を変えた。ラッシュアワーの車の流れの中を巧みに走り抜けながら、ダンテは考えた。ジェーン——ベスは美しく知的で、気骨のある女性に成長した。そしてベッドでは、僕から受け取ったのと同じくらいすばらしいものを与え返してくれた。

ベスの〝一度でじゅうぶん〟という言葉を信じているわけではなくても、ダンテの心はいまだに傷ついていた。今まで出会った中で生まれながらに官能的な女性をあげるなら、ベスは第一位になるだろう。どんな軽い愛撫にも反応したし、どうすれば喜びを返せるのかも本能的に知っていた。腕の中の彼女は、僕が与えるすべてを受け入れたくてたまらないようだった。ベスを抱いたときのように我を忘れたことは、かつて一度もない。あの魅惑的な体が自分の下にある感触と香りに恍惚とし、わけがわからなくなったのだ。

そのとき、雷に打たれたようにふいに別の思いが頭にひらめいた。避妊をするのを忘れてしまった。まったく、よくもそんなに不注意になれたものだ。

そして次の瞬間、考えられないことをしでかし、不注意さに輪をかけるはめになった。赤信号で車の流れがとまったのにも気づかず、前方の小型トラックにぶつかったのだ。

ダンテはトラックの平台の下からバックでフェラーリを出し、向こうの運転手と話をした。大の車好きとして生まれてこのかた、どの車にもへこみ一つさえつくったことがなかったのに……ベス・レイゼンビーに出会うまでは。ベスはやはり魔女で、僕に呪文をかけたに違いない。ダンテはうめき声を押し殺し、新車のつぶれたボンネットを眺めた。

ベスのところに戻り、避妊を忘れたと告げようかとも思ったが、すぐに正気に立ち返って考え直した。ベスはああいう女なのだ、僕のミスが妊娠に結びつけば、金が取れると目の色を変えて連絡してくるに決まっている。

5

目を開けると、早朝の陽光が寝室に燦々《さんさん》と差しこんでいた。ベスはけだるげに伸びをして、大きな窓の向こうにあるバルコニーと海を眺め、満足そうにため息をついた。この家が大好きだ。口元にやわらかな笑みを浮かべ、主寝室をぐるりと見まわす。

カーテンと寝具によく合っている、花と小枝模様の青とクリーム色の壁紙は、少し色あせている。主寝室も付属のバスルームもドレッシングルームも、改装されたのは何年も前、ヘレンの出所に合わせてだった。ここにいると亡き友人を思い出し、穏やかな気持ちになれる。だから、なに一つ変えたくなかった。ここはベスにとって、現実世界からの避難所だった。

家の残りの部分の改装は、先週終わった。おかげで家はこれまでになく見ばえがするようになり、貸し別荘としての価値も格段に上がった。そしてベスは、自分がなしとげたことに心から満足していた。

ドレッシングルームでショーツとエキゾチックなプリント柄のスリップドレスを取り、

バスルームに入る。ガレージの屋根裏を寝室が二つある離れに改造する計画は承認され、昨日その通知が届いた。工事は三週間後に始まる予定だ。

ベスは満足感にひたりながらシャワーを浴びはじめた。この二週間、ダンテ・カンナヴァーロの夢は見ていないし、起きているときに考えることもない。セックスをすることで彼を頭から追い払う計画は、うまくいったようだった。

彼女は新しい生活をとても気に入っていた。好きなときに仕事をし、好きなときに外に出かけ、気分が乗れば海で泳いだり、サーフィンをしたりすることもある。少し日焼けもしたし、本当に久しぶりに過去を恐れずにいられていた。私は本来の自分を取り戻し、望んでいた人生を歩んでいる。ダンテ・カンナヴァーロのことも記憶の箱の中に封じこめ、考えるに値しないものとして片づけられている。

ベスは新しいショーツとワンピースをすばやく身につけ、乱れた髪にブラシをかけた。会計士らしい知的なイメージを出すため、ロンドンでは日課だったけれど、デヴォンではドライヤーやヘアアイロンをいっさい使っていない。仕事は好きでも、ロンドンの暮らしはやっぱりあまり楽しくなかった。それでもベスはヘレンの願いをかなえ、成功者になったのだ。そして今は競争社会とは縁を切り、新しい人生でも同じように成功したいと願っていた。

そのスタートは上々で、ベスはうれしかった。すでに来年の仕事の予約が数件入っているし、そのころまでは離れも完成するだろう。コテージを貸しているときは週に二日そちらで仕事をしなければならないが、とくに問題はない。一週間オフィスにこもりきりでいるよりは、ずっとましだ。

一時間後ビンキーに餌をやり、自分もフレンチトーストと紅茶を胃におさめると、一日を始める準備がすっかり整った。友人のジャネットが娘を連れてやってくるのは二時過ぎだ。それから三人で町に買い物に行き、夕食までに戻ってくるつもりだった。

ジャネットの父親は何年もの間、ヘレンのコテージでパートタイムの庭師兼管理人として働いていた。ジャネットとはその父親を初めて訪ねたときに出会って、友人になった。若くして結婚した彼女には、アニーという名の四歳の娘がいる。そして不幸なことに軍人だった夫が昨年アフガニスタンで亡くなり、両親のもとに戻ってきた。ジャネットとアニーがときどきやってきてはひと晩かふた晩泊まっていくのを、ベスは楽しみにしていた。

二杯目の紅茶とサングラスを持って、ベスは玄関先にある細長いテラスに出た。テラスの階段は庭の小道と道路に続き、その先はビーチと海だ。八つあるキャプテンチェアの一つに腰を下ろし、ベスは入り江を眺めた。海はとても穏やかだった。

海面にきらめく陽光のまぶしさに一瞬目がくらみ、まばたきをしてサングラスをかける。そして次の瞬間、もう一度まばたきをした。静けさを切り裂くように、一台の車が轟音《ごうおん》をあげて疾走してきたからだ。

車は大きな黒いベントレーだった……。

高級車が家の門の前でとまるのを、ベスは暗い気持ちで見つめた。ドアが開き、運転手が出てくる。ダンテ・カンナヴァーロが入り江を眺める姿を視界にとらえて、ベスの心はさらに沈んだ。

ダンテの黒髪は陽光を浴びて黒玉《ジェット》のように輝いていた。サングラスで目を隠していても彫りの深い完璧な顔立ちがめだつ彼は、大きな体を黒いポロシャツとブラックジーンズに包んでいる。シャツの襟元を開け、ジーンズでたくましい太腿と長い脚を際立たせているようすは、息をのむほど魅力的だ。たいていの女性なら、見つめるだけで膝の力が抜けてしまうだろう。

座っていてよかった、とベスは思った。ダンテを頭から追い払う計画は、つい先ほどまでうまくいっていると思っていたが、結局失敗だったと気づいたからだ。ああ、二十七年間も自分の中の女の部分を意識せずにいたのに、あの男性を見るだけで胸が高鳴り、体温が上がるのはなぜなの？

自己嫌悪にさいなまれながら、ベスは紅茶を飲み、彼を無視しようとした。どうしてここに来たのかはわからないし、きくつもりもないけれど、よくいる日帰り旅行客として現れたわけでないのは確かだ。成功した裕福な国際弁護士なら、どこかエキゾチックな高級リゾート地のほうが趣味に合うに違いない。

　ダンテはあたりを見まわし、入り江の美しさに驚いた。しかし古ぼけた風変わりなコテージを思い描いていたせいで、ベスの家にはもっと驚いていた。地元のパブでベスのコテージへの道順を尋ねると、店主のビルはまず彼女をほめちぎった。それから、そのコテージがこのあたりでいちばんの貸し別荘であり、ベスのちょっとした収入源になっていることも話し、最後にようやく道順を教えてくれた。

　だがコテージと思っていた建物は、正面玄関の両側に窓のある大きな白い家だった。外には建物の幅いっぱいほどもあるテラスが広がり、二階にはバルコニーが張り出していて、さらに屋上にもテラスがある。コテージは海を見晴らせる絶好の位置に立ち、まわりには四千平方メートルほどの庭が石の塀に囲まれていた。家とビーチの間の道路は数百メートル先で崖に突きあたっているが、そこは小さな駐車場になっているようだ。

　入口の門の石柱には〝製帆小屋〟と刻まれている。その表示にふさわしく、家の脇の駐車場には一艘《そう》の小型ヨットがあり、隣にあるサーフボード用のラックにはボードが二枚かかっていた。反対側の長い私道は、敷地の裏手の大きなガレージに続いている。大きなガレージのドアは開いていたので、ベスの独特なフォルクスワーゲンが見えた。

　テラスに座っているベスに気づき、ダンテは緊張したが、ふとある疑問を抱いた。皮肉なことに、九月は結婚のためにスケジュールを空けてあった。しかしその予定はなくなったので、結局、最初の数日は地所での仕事の遅れを取り戻すことに費やした。それからはゆっくりくつろぐはずだったが、家政婦のソフィのせいでなかなかそうもいかなかった。実はソフィは、ダンテの母親と同じく中止された結婚式のために帽子を買っていて、ひまさえあれば〝早く結婚してもらわないと、私が子供の成長を見届けられなくなります〟と恐ろしい警告をくり返したからだ。幼いころにおむつを替えてくれた女性とは口論できず、とうとうダンテは降参し、ローマに行って新しい案件を引き受けた。人生を前向きに進もうと決意して、昔の恋人と二回ディナーにも出かけた。しかし、うまくはいかなかった……。

思惑どおりにベス・レイゼンビーを忘れるどころか、ふと気がつけばこの八週間、彼女のことばかり考えて仕事も手につかなくなっていた。こんなことは今までになかったのに。

ダンテはベス――ジェーンに関する報告書を読み返し、彼女が裁判のわずか一年前に両親を失っていたことに気づいた。彼女の弁護士だったミス・シムズは、なぜその事実を法廷に持ち出さなかったのだろう？　腕ききの弁護士なら、被告人の生いたちの一部として両親の死を利用するものなのに。両親を亡くしたばかりで、若い彼女は問題をかかえていたのだと……。

しかし、ミス・シムズは腕ききの弁護士ではなかった。ダンテが言ったことに異議もろくに唱えず、法廷を出ようとする彼を呼びとめて、祝いの言葉まで述べた。僕はベスに厳しすぎたのだろうか？　世界にたった一人になった悲しみから、彼女はあっさり道を踏みはずしてしまったのかもしれない……。もちろん、だからどうというわけではない。確かな証拠はそろっていたのだし、陪審員は有罪の評決を下した、とダンテは自分に言い聞かせた。それでもいつも自分の決断に絶対の自信を持ち、けっして後悔しない彼としては、気づくと本当にあれでよかったのかと悩んでいる自分がひどくショックだった。

このままいろいろ考えていても、なにも得るものはない。昨日の朝、ダンテはついにそう悟った。次の女性とつき合う前にベスが妊娠していないことを、きちんと確認する必要がある。仕事はスタッフチームに任せればいいし、水曜日のローマでのミーティングまではどうしてもはずせない予定もない。

決心するとダンテはロンドンに戻り、ベスの居場所を知っていると思ってトニーに連絡した。だが弟は不在で、ベスの元アパートメントを訪ねてみた。ベスが嘘《うそ》をついて、まだ住んでいる可能性もないとは言いきれないからだ。しかし結局知らない若者に、前の住人がどこに行ったかは知らないと言われただけだった。

午後遅くになってようやくトニーがつかまると、ベスがもう何週間も前に引っ越し、自分で事業を立ちあげたことがわかった。ただし忠実な友人であるトニーは、念入りに頼まれたと言って、兄に彼女の新しい住所も電話番号も教えようとはしなかった。

調査報告書をもう一度確認すると、コテージの住所が見つかったので、ダンテは夜明けとともに車を走らせた。コテージに行ってベスと対峙《たいじ》し、疑いを消し去るつもりだった。あの女性を永久に人生から追い出し、もとの正常な生活に戻らなくては。

少なくとも、ここに来るまではそう自分に言い聞かせていた。しかし、こうしてベスの優美な横顔やかすかに日焼けした肌に映える赤い髪を見ていると、もっと根元的な欲望に体が熱くなるのを感じた。

門が動く音がしてちらりと目をやると、ダンテが小道を歩いてきて階段をのぼり、ベスのそばでとまった。太陽を背にした姿はそびえるように大きく、過去の記憶がどっとよみがえり、ベスは思わず身を震わせた。昔の夢のせいなのか、セックスのせいなのか、その両方のせいなのかはよくわからない。わかるのはただ一つ、ダンテの存在感は心の平安をひどくかき乱すということだけだ。

「おはよう、ベス。すてきな家じゃないか。まあ、少しばかり見つけにくかったがね。朝の六時からずっと運転してきたものだから、コーヒーをもらえるとありがたいな」ベスが手にしたカップを見ながら、ダンテは別のキャプテンチェアに腰を下ろした。

「これはコーヒーじゃないわ。紅茶よ。来た道を戻れば、港にある店の隣に小さなカフェがあるから、そこに行ってみるのね」ベスはにべもなく言った。

「なあ、ベス。それはあんまり冷たすぎやしないか。僕たちの間にあったことを考えれば

「……」ダンテはゆっくり言い、サングラスをはずした。

黒い目の中にはユーモアが見て取れた。それだけではない。ベスの全身を眺めまわし、コットンのワンピースの下の胸のふくらみを見つめたとき、そこにはあからさまな欲望も浮かんでいた。

「ばかなことを言わないで。もう二度と会わないって、あなたは言ったはずよ。私は取り決めを守っているわ。なのに、どういうつもり？　いきなりここに現れて、約束を破るなんて」

「酌量すべき事情があったからだ。それに厳密に言えば、君は間違っている。僕は君の人生にかかわらないとは言っていない。ただ……君に関する内部情報はもらさない、と約束しただけだ」

ベスは目を大きく見開き、頬を真っ赤に染めた。きっとダンテはわざとそういう言葉を選んだに違いない。無意識に手を振りあげて彼の頬をたたこうとしたが、あいにく手首をつかまれてしまった。

「古い友達を迎えるのに、そんなやり方はないな」

ベスは手を振りほどいたが、もう一度たたこうとするほど愚かではなかった。

「君を見つけるのにずいぶん苦労したんだぞ」

「わざわざ苦労するべきじゃなかったわね。どうせ歓迎されないんだから」ベスは無愛想に言った。

ダンテが身を乗り出し、とめられないうちにベスのサングラスをひょいとはずす。「そのほうがいいな、ベス。僕がここに来た理由を話したとき、君がどう反応するか見たい」

無表情のまま、ベスはぴたりと動きをとめた。死ぬほど腹がたち、ダンテを絞め殺してやりたかった。しかし彼がここにいること、最後の言葉が脅しのように聞こえたことはきちんと理解していた。だから落ち着きを取り戻すためにしばらく海を見つめ、これまでの彼とのやりとりを頭の中で一つ残らず思い返してみた。やがて結論が出たのでゆっくり首をまわし、まつげ越しにダンテをちらりと見る。

「これからあなたがなにをしようが、今までにしたことよりはましなはずよ」

驚いたことにダンテはさっと顔色を変え、唇をゆがめて身を引いた。「そうであることを心から願うよ」額にしわを寄せ、謎めいたことを言う。

ベスは奇妙な感覚にとらわれた。彼は恥じているだけではない。心配もしているのでは？

「だが、まずはコーヒーをくれ。そうしたら話す」

ダンテの口調は険しく押しつけがましいものに戻っていて、ベスは不快感に襲われた。ほんの一瞬でもこの男に人間味があると思ったなんて、大きな過ちだった。もう二度とくり返すまい。「いやよ。この前あなたがコーヒーを欲しがったとき、なにがあったかよく覚えているし……」

ダンテの黒い目に欲望がひらめき、ばかなことを言ったと思ったベスは目を伏せ、心を落ち着けようとした。しかしダンテのポロシャツの開いた襟元を見ていては、落ち着くものも落ち着かない。

「招待した覚えはないんだけど、どうやらあなたの調査員がこの家のことを知らせたようね」声はうわずっていたが、かまわず続けた。「あなたにはここにいてほしくないし、言うことだってなに一つききたくない。わかった？」

「ああ。だが、それは難しいかもしれないな」

ベスを見つめながら、ダンテは胸を締めつけられるような不思議な感覚にとらわれた。なんと若く清らかに見える女性だろう。洗って自然に乾かしている髪はなめらかな絹のようで、化粧はしておらず、胸のふくらみとほっそりした体をおおっているのは明るい柄物のシンプルなサマードレスだ。ベスがブラジャーをつけていないことに気づき、ダンテは体をこわばらせた。豊かなふくらみと、その硬い先端に口づけしたときのエロティックな味わいが脳裏によみがえる。と同時に、自分のせいでベスがもはや純潔の身ではないことも思い出した。

「僕を見ろ、ベス」ベスが警戒するような表情で顔を上げる。「深刻な問題なんだ。君はピルをのんでいるか？」

「いいえ、もちろんのんでいないわ」ベスはなにも考えずに答えた。

「そうだとすると、問題があるかもしれない。君は気づかなかったかもしれないが、あのとき、僕は避妊具を使わなかった。君は妊娠しているかもしれないんだ。もしそうなら、適切な取り決めをしなければ」

「なんですって？」ベスは叫んだ。ダンテがここに来た本当の理由が頭にしみこむにつれ、愕然《がくぜん》とする。妊娠のことなんて一度も思いつかなかった。私は学ぶってことがないの？この男にばかにされて、一生を送る。それが私の受ける罰だったの？「使わなかったって――」

「そうだ。僕が悪かった。だから全責任を負うよ。金銭的な面も含めて、どんな面倒でも見る用意はある。もし最悪の事態が生じた場合には、だが」

「信じられない！　私にこんな爆弾を落としておいて、弁護士みたいな話し方をするなんて！」

「僕は弁護士だからな」

肩をすくめるダンテを無視し、ベスはすばやくこの八週間のことを思い返した。そういえば、ここに来てから計画やら作業やらでとても忙しく、生理がこないことに気づいていなかった。その瞬間、ダンテの言葉がふいに現実味をおびた。最近はコーヒーが嫌いになって紅茶を飲むようになっているけれど、その変化には別の意味合いがあったのかもしれない。でも、具合は悪くなかった。吐き気は確かにあったけれど、この数週間、家じゅうに漂っている塗料のにおいのせいだと思っていた。

胸いっぱいに恐怖が広がっていく。といっても、妊娠したことは怖くなかった。自分の子供を持つのはうれしいし、無条件に愛せる相手がいるなんてすばらしい。けれど、ダンテ・カンナヴァーロが父親なのでは！　子供によって、ずっと彼とつながっていなければならないなんて考えたくもない……。

そのとき、もっと心が乱れる疑問を思いついた。ダンテはなんのお金を払い、なんの面倒を見ると言っているの？

「〝金銭的な面〟というのは、もし私が妊娠していたら、中絶の費用を出してくれるということ？」

「それが君の望みなのか？」

「いいえ。まさか」ベスは反射的にそう答えていた。

「よかった。もし中絶が君の望みなら、できる限りのことをして考え直させるつもりだったからね。それで妊娠しているのか、いないのか？」

急にひどく不安になり、ベスはふたたび海を見つめた。ダンテは賢く、大きな力を持った男性で、人を説得するのが格段にうまい。もし本当に妊娠していていずれ健康な子供を産み、彼が親権を得ようと決めたら、私はどうなるのだろう？　たぶんいらない心配だとは思うけれど、ダンテは弁護士で、法廷で勝つためなら私の過去を利用するくらいのことはしかねない非情な男でもある。そうなったら、わが子を手元に置ける可能性はどのくらいあるの？

養父母をとても愛していたベスは、実の親が誰なのかまったくわからずに育った。わかっているのは赤ん坊のとき、スポーツバッグに入れられて病院の救急科に捨てられていたということだけだ。そんなふうに自分の本当の身元を知らない経験から、ベスは本能的に悟っていた。子供が父親を知る権利を拒むわけにはいかない。

「わからないわ。まだ時期が早すぎるもの」嘘というわけではなかった。生理が遅れている理由なら、ほかにも考えつくのだから。

「ばかげてる」

ダンテが立ちあがり、ベスはごくりと唾をのんだ。

「君は知的な大人の女性だぞ。生理がきたかこなかったかくらい、わかっているはずだ」

「ばかげているのは私じゃないわ。私なら多少言い訳のしようがあるけど、あなたの年で経験も豊富な男性が避妊を忘れるほうがばかげているでしょう」

「そのとおりだ」ダンテは顔をしかめた。「だが、君はまだ僕の質問に答えていない。生理はこなかったのか？」

「もしかしたらね。よくわからないわ。もともと不順なほうだから」ベスは言ったが、そのとたん単純に嘘をついておけばよかったと後悔した。しかし妊娠の話にひどいショックを受けていたし、ダンテは遠慮なくずけずけ言うし、じっくり考えている時間はなかったしで、ただ反射的に答えてしまった。

「僕は気が短く忙しい人間だから、今すぐ答えが欲しい。そうすれば、もしスケジュールの変更が必要になった場合、あまり不便のないように再調整できる。明日の正午、ローマでミーティングがあるんだ。昨日まではこんな辺鄙《へんぴ》なところじゃなく、君がロンドンで見つかると思っていたからね。さっき、カフェがあると言っていたな？　そこに行くぞ。とにかくコーヒーを飲みたい」ダンテは手を差し出した。「それとドラッグストアがあれば、ついでに妊娠検査薬が買えて、問題は解決する」

ベスはあんぐり口を開けた。「本気で言っているの？　ここのドラッグストアで妊娠検査薬なんて買えないわよ。みんな私のことを知っているし、あっという間に村じゅうに噂《うわさ》が広まっちゃうわ」

「だったら、いちばん近い町に行こう」

ベスは反論しようとした。一夜限りの相手にすぎない女をわざわざさがしに来て、妊娠検査を求めるなんて、正気の人間のすること？　いちばん近い町までは車で四十分かかるし、どっちにしてもそこには午後、ジャネット親子と一緒に行く予定にしている。だったら、そのときに買えばいい。

しかし、ダンテは待とうとしなかった。なにを言っても思いとどまらせることはできず、十分後、ベスは彼の車の中にいた。

助手席で静かに怒りを燃やしながら、ダンテが運転席に乗りこむのを見つめる。ドアが閉まると、アフターシェーブローションの男性的な香りが鼻をくすぐり、整った横顔が――うっすらとひげが生えた顎と肉感的な唇が目に入った。あわてて下を向いたが、細身のジーンズに包まれた太腿が自分の太腿のすぐ近くにあるのではどうしようもない。ダンテはなにもかもがあまりに男らしく、ベスの胸はどきどきし、息をするのも苦しかった。世界じゅうでこの男性にだけは惹《ひ》かれてはいけないのに。

「いい車ね。でも、フェラーリはどうしたの？　もう飽きたとか？」ベスは意地悪くきいた。なんでもいいから、ダンテの圧倒的な存在感と自身の悩ましいもの思いから気をそらすものが欲しかった。

「君のせいで今はない」ダンテが即座に言い返した。

「それ、どういう意味？」

「君のアパートメントを出て家に帰る途中、車の中で急に自分がなにをしたかを思い出したんだ。いや、正確にはなにをしなかったか、だな。それで今日の君と同じくらい大きなショックを受けて、赤信号で生まれて初めて前のトラックに追突し、ボンネットがへこんでしまった」

「トラックにぶつかったの？」ベスは緑色の目をきらめかせた。「新車のフェラーリで？」ダンテが車好きなのを知っているだけに、この男性もほかの人と同じように車をだめにするのだとわかると、楽しくてたまらなかった。

「今は修理のためにイタリアの工場に戻している。だから、こうしてベントレーを運転しているわけだ。アメリカに出張したあと、十日ほどイタリアに戻っていた間に引き取るつもりだったんだが、時間がなかった」

「デヴォンまで来るくらいだから、時間ならたっぷりありそうだけど」ベスはにべもなく言った。

「ああ。だが、それは君に対して過ちを犯したからにすぎない。何事であれ、煮えきらないのは嫌いだし、もうこれ以上待つつもりはないんだ。君が妊娠しているかどうか、どうしても知らなくては。もし子供ができていれば、僕は生活を考え直さなければならないし、君にもそうしてもらうぞ。いやだと言われても、この件に関しては二人で力を合わせる必要がある」

たしかに彼の言うとおりだ、とベスは思った。今、きちんと確かめたほうがいい。もっとも心の奥底では、妊娠しているという確信がどんどん強くなっていた。事実がはっきりすれば、私はダンテ・カンナヴァーロに立ち向かわなければならなくなる……。しかし過去の経験から考えると、そんなことができる自信はあまり持てなかった。

6

二時間後、ベスはコテージの前で車を降りた。ダンテがドラッグストアでとった態度ときたら、今思い出しても恥ずかしくてたまらない。彼は臆面もなく、どれがいちばん信頼できる妊娠検査薬かと女性店員にきき、ベスはその隣にただ立ちつくしていた。あんまり恥ずかしかったので、地面がぱっくり口を開けて自分をのみこんでくれたらいいのにと思った。いや、ダンテをのみこんでくれたら、もっとよかった……。

「中に入って、片をつけてしまおう」ダンテはベスの手を握り、家の中に連れていった。

「ちょっと待って」ベスは広い玄関ホールで立ちどまり、ダンテの手を振りほどいた。

「そのくらい、一人でできるわ。というか、そのほうがいいの」

「だめだ。僕には責任があるし、結果を知りたい」

「あなた、ばかなの？」ベスは激しい怒りに駆られた。「せっかく、モノポリーでいうところの〝釈放カード〟をあげて自由の身にしようとしてるのに。ここから立ち去って、なんなら私に出会ったことも忘れていい。たいていの男性なら、このチャンスに飛びつくはずだわ」

「僕は〝たいていの男性〟じゃないから、そんなことはできない。君とのセックスはいやというほどよく覚えている。あのとき赤ん坊ができたのなら、その子は君のであると同時に僕のでもある。いい父親になれるかどうかと考えると、たしかに気がめいるけどね」

ダンテの黒い目の中にかすかな弱さの影を見て取り、どういうわけかベスの胸は苦しくなった。

傲慢で自信にあふれた姿しか知らなかったので、こうして大きな体をこわばらせているダンテを見るのはショックだった。おそらく、彼自身はもっとショックを受けているだろう。ダンテ・カンナヴァーロは仕事でも私生活でもけっして失敗しないタイプの人間であり、他人の失敗も許そうとはしない。自分の判断は完全無欠だと信じているのに、人生を変えるような大失敗をやらかしたかもしれないとしたら、動揺するのも無理はない……。

「これを」ダンテはベスの手の中に妊娠検査薬を押しこみ、あたりをさっと見まわした。「キッチンがどこか教えてくれないか。君が検査をしている間に、自分でコーヒーをいれるよ」

ベスは中央の階段の右側を指し示した。「キッチンはその先よ」

驚いたことに、ダンテはベスの肩に腕をまわし、ぎゅっと抱きしめてから唇に軽いキスをした。「心配はいらない。どっちにしてもうまくいくよ。僕が必ずそうなるようにしてみせる」

ベスはあっけにとられ、手の中の妊娠検査薬を見つめた。キッチンに向かっていくダンテの背中に、この箱を投げつけてやりたい。なにもかもうまくいくと彼は自信たっぷりだが、ベスの心は正反対だった。しかし避けられないことを先延ばしにしているという自覚はあったので、とうとう階段をのぼりはじめた。キスで唇がうずいているうえに、これからすることの重大さを考えると頭がくらくらする。気持ちはどっちつかずであいまいだった。陽性であってほしいような、陰性であってほしいような……。

二十分後、ベスは無表情な顔でキッチンに入り、ダンテのいるテーブルに検査薬をぽんと落とした。そしてなにも言わずに廊下に出て居間に向かうと、ため息をつきながらソファに座りこみ、やわらかなクッションに頭をもたせかけた。

足元にすり寄ってきたビンキーを見て、ベスは唇の端をゆがめ、ちらりと笑みを浮かべた。「ビンキー、もうすぐあなたと私だけじゃなくなるわ。赤ちゃんが生まれるのよ」声に出してそう言うと、自分が妊娠しているという事実をようやく実感できた。

「あきれたもんだな。いまいましい猫には妊娠したと告げられるのに、僕には検査薬を置いていくだけなのか」

顔を上げるとダンテは怒っていて、ベスも思わずかっとなった。「あなたには全然関心を持てないけど、私はビンキーを愛しているの。それに、どんな方法で伝えられても答えは同じでしょう。そもそも、あなたが悪いのよ。あなたが私を見つけ出して妊娠の話をしなかったら、ずっと気づかずにいたはずで、そのうち気づいたとしても絶対に教えなかったわ」鬱積した感情がついに爆発する。「あなたの人生の目標は、私の人生をめちゃめちゃにすることらしいわね。最初は私を刑務所に送りこみ、次は脅してアパートメントから追い払い、最後は誘惑した。たしか、サッカーではハットトリックっていうのよね？　でも私が妊娠してしまったから、結局はオウンゴールだったみたいよ」

ベスはあざけるように話していたが、心はすぐにも壊れそうだった。今朝ベッドから出たときはあんなに幸せだったのに。ダンテのせいで私の人生はまたしても引っくり返ってしまった。

たいていのイタリア人男性がそうであるように、ダンテもサッカーの熱狂的ファンだったので、ベスの最後の言葉には口元をゆがめた。腕を組んで座っているせいで、ベスのすばらしい胸はぐっと持ちあげられている。もちろん、あえて持ちあげているわけではないはずだ。そう考えると、ダンテの体は熱くなった。「僕を悪党だと思いたければ、それはそれでかまわない。だが、君が妊娠しているという事実はどうあっても変わらないんだ。僕は父親として、子供に全面的にかかわっていくつもりでいる。君がいようがいまいが……わかったか？」

ベスはダンテを見あげ、冷たい目と力強い顎ときつく結ばれた口元に視線を走らせた。「ええ」よくわかっている。まさにそれこそ、数時間前ダンテが爆弾発言をしたとき、不安に思ったことだった。しかし、今度は彼と闘う心の準備ができていた。「口で言うのは簡単だけど、あなた、本当にきちんと考えてみたの、ダンテ？　トニーの話からすると、あなたは途方もない力とお金を持っている人なのよね？　それなのに子供の母親が前科者――あなたが刑務所に送りこんだドラッグの売人だとわかったら、お友達はどう思うかしら？　あなたはメディアを持ち出して脅したけど、私だって同じことができるのよ」ダンテが驚いて眉を上げる。「あまりいい気分じゃないでしょう、今はあなたが脅される立場なんだもの。トニーの人生にかかわるなと要求したとき、あなた、私をまた魔性の女扱いしたわよね。だったら、私はこう考えたのかもしれないわよ。あなたのほうがいいカモだから、わざと誘惑に乗ってやろうって。うまくいけば妊娠して、もっとお金を手に入れられるもの。あなたはその事実を受け入れて生きていける？」

怒りに駆られ、ダンテのこめかみがぴくぴくしはじめた。だが、ほかにも理由はあった。ベスが金めあてにわざと妊娠したのかもしれないという考えはたしかにちらりと浮かんだが、ベッドの中での彼女の一挙一動を思い出してすぐに考え直した。なめらかな両手に愛《あい》撫《ぶ》される感触と彼女の味と香りは、いくら味わっても味わいたりなかった。だから、もう一度経験したかった。その欲求は痛いほどに強くなってきている。

ダンテは腰を下ろし、ソファの背に腕をかけた。「なかなかおもしろいシナリオだな、ベス、だが僕を悪者にするためだとしても、君が犯罪歴を世間に公表するとは思えない。そんなことをすれば、結局は君の子が苦しむはめになるんだから。あとは金の問題だが、それは全然かまわない。今はただ、僕たちの赤ん坊と仲よくなりたいんだ」

たしかに彼の言うとおりだ。まったく、なんていまいましいのだろう。そのうえ〝僕たちの赤ん坊〟という言葉を聞き、ベスは返事ができなかった。

「いいかな?」

そう言って、ダンテはまだ平たいベスの腹部に手をあてた。その瞬間、二人はどちらもさざなみのような不思議な恍惚《こうこつ》感にとらわれ、自分たちがつくり出したものの重大さをようやく本当に理解した。

顔を上げたダンテが、黒い目でベスの目をじっと見つめる。彼のもう一方の手が肩にのっていることを、ベスはぼんやり意識していた。ダンテの長い指が彼女の腹部を撫《な》で、少しずつ上に上がっていく。前とは違う恍惚感が、ふいに二人の間で揺らめいた。

ダンテがベスの肩をしっかり抱き、やさしく唇を重ねて、片方の胸を手で包みこんだ。熱い舌が唇をなぞり、さらに奥へと進もうとするのを感じながら、ベスはそっと目を閉じた。

キスがやんで、ベスがぼんやりとダンテの熱く輝く目をのぞきこんでいると、長い指が首を包みこみ、喉を下へとたどっていった。次の瞬間ダンテはうめき声をあげ、官能的な唇でふたたびベスの唇をふさいだ。性急な指が胸のふくらみにたどり着き、硬くなった一方の蕾《つぼみ》をつまむ。ベスは低いうめき声とともに唇を開き、全身を貫く官能の喜びに酔いしれた。やめてと言いなさいと頭は命じているのに、体は生きている実感に満ちあふれていた。

「これが君の望みだろう、ベス?」

その言葉とハスキーな声の響きに、恍惚感は吹き飛んだ。「違う!」ベスは這《は》うようにソファを移動し、必死になって呼吸と鼓動を落ち着けようとした。やっと気づいたが、ワンピースのストラップは両方とも腕にずり落ち、あらわになった胸のふくらみがダンテの熱い視線にさらされている。いつの間にこんなことに……。

ダンテを見ることはできなかった。彼の巧みな愛撫にたやすく屈してしまったなんて、恥ずかしくて悔しくてたまらない。ベスはストラップを肩に戻した。敏感になった胸に布がこすれて痛かったが、心の痛みにくらべればどうということもなかった。

そこでようやく横目でダンテを見ると、彼は体をまっすぐにしてソファの背に頭をあずけていた。喉の脈が打っているのがはっきり見え、筋肉質の胸が上下しているのもわかる。ジーンズの前が大きくふくらんでいるのも……。

ベスはごくりと唾をのみこみ、目をそらした。苦しんでいるのは自分だけではないとわかると、多少は心がなぐさめられた。それにしても、また同じ過ちを犯しかけるなんて本当に信じられない……。

私はこの男性に惹《ひ》かれる運命なの？　彼の元婚約者のエレンも同じだったのかしら？その考えはどこからともなくわきあがり、ベスの気分はますます悪くなった。二人の婚約はバーベキューパーティがあった週末に解消されたという。でも、今はもうよりを戻しているかもしれない。結婚式を予定していたからには、二人は愛し合っていたはずだ。

大きな手に顎をとらえられ、ベスは顔の向きを変えさせられた。「君の最初の反応からすると、〝一度でじゅうぶん〟という言葉はやはり信じられないな」黒い目はかすかにユーモアをたたえている。「君のことはわかっているんだ、ベス。僕の考えは正しかったんだよ。君はじらすのが好きだが、生まれつきセックスの才能に恵まれている。僕を恨もうとどんなに意地になっても、それだけでは抑えきれないぞ。だが、僕はただ待っていればいい」

にやりとするダンテを見て、ベスはいらだった。彼の手を払いのけ、さっとソファから離れる。「それほどよくわかっているなら、きっとなんでもそうなんでしょうね。だったら教えて。あなたが私を妊娠させたと知ったら、エレンはなんて言うかしら？　たしか、今月結婚する予定だったんじゃないの？　それに、あなたは赤ちゃんの父親じゃないかもしれないわ。そうは思わなかったの？　あなたと過ごしたあと、私は別の誰かと寝たかもしれないわよ」

「いや、それはない。君の頭の中ならお見通しだ。ほかの男というアイディアは今、思いついたんだろう？　あいにくだが、今さらそんなことを言っても手遅れだ。それにエレンのことなら僕はもう気にしていないし、君も気にしなくていい。僕たちは別れて、結婚式は中止になったんだ。忘れたのか？」

「あなたを愛していた女性を、そんなに簡単に忘れてしまうの？」そう言いながらも、ベスは〝別の男性〟という計画を断念した。これは使えない。たとえダンテが私の言葉を信じたとしても、ＤＮＡ検査をすれば真実がわかってしまう。

「少しは大人になれよ、ベス。僕とエレンの関係は愛がどうとかいうものじゃなかった。そろそろ結婚しようと決めたとき、エレンがぴったりの相手に思えただけだ。仕事が同じなら育ちも同じだし、相性もよかったから。僕は子供が――跡継ぎの男の子が欲しかった。感情的になってあなたは私を愛していないと言い出し、婚約指輪を投げつけるまでは、エレンも同じことを言っていた。そのとき、気づいたよ。エレンは僕が与えられる以上のものを、はるかに多くのものを求めていたんだと」

「よくもそんなに計算高くなれるものね。彼女が婚約を解消したのも無理はないわ」

「ああ、あっけないものだった。それはそうと今気づいたんだが、君が妊娠した以上、僕の問題は解決し、これ以上さがす必要はなくなった。僕はその子が欲しい。金なら君が欲しいだけ、必要ならいくらでも払おう。それで、君が健康な子供を産んでくれるなら」

ベスはぞっとして目を見開いた。ダンテはソファにゆったり座り、こともなげに赤ん坊を買うと申し出ている。ベスが母親としてわが子を守ろうとするとは、これっぽっちも思っていないのだ。

「きっと互いに満足のいく取り決めができるはずだ。君も僕も快適に暮らしていける」

「どうかしら？　私はほんの妊娠八週目だし、あなたがいくら非情な悪魔でも、今私の赤ちゃんを買うと言い出すのはいくらなんでも気が早すぎるわ」

ダンテがさっと立ちあがり、ベスの手首をとらえると、背中にまわして押さえこんだ。

「赤ん坊を買うとは言っていないぞ。そんなふうに考えるのは君がねじけた心を持っているからだ」

ベスは動けず、口もきけず、ただ顔にかかるダンテの熱い吐息を、胸の内で相争う激しい感情のうねりを感じることしかできなかった。ほんの少し前まで彼の魅力に屈しかけていたと思うと、腹がたってならない。ねじけた心を持った人がいるとしたら、それはダンテだ。「私にはそう聞こえたのよ。私の心にはなんの問題もないわ」ベスはそっけなく言った。「あたりまえの常識が教えてくれているのよ。赤ちゃんをどうするかについて話し合うのはまだ早すぎるって」

「僕にとっては違う。だから、ここで問題を解決するつもりでいる。いいか、僕は必ず欲しいものを手に入れる。最後にはいつもそうなると、君も知っておいたほうがいい」

「ええ、そのことだったらたいていの人よりよく知っているわ。あなたのことだもの、嘘《うそ》やらほのめかしやら、どんな汚い手でも使って目的を遂げるんでしょうね。弟の人生に干渉するのはやめて、自分の恋愛にもっと気を遣っていたら、こんな面倒なことにはなっていなかったのに」

「すんだことはしかたない。それから僕たちの赤ん坊を〝面倒なこと〟だと言うのは許さないぞ」ダンテは空いているほうの手でベスの頭を後ろに傾け、黒く鋭い目で彼女の挑戦的な顔をのぞきこんだ。「僕は君の本性を知っているんだ、ベス。健全とはとても言えない過去を持つ美女は、子供の母親として選びたいタイプじゃないが、実際にそうなったからには僕は現実を受け入れる。君が過去の過ちをその後の生活で見事につぐなったことも認めよう。だからそろそろ君も、僕を父親として受け入れてくれないか。侮辱の言葉を投げつけるのはやめて、生まれてくる子供のためになにがいちばんなのかを考えてほしいんだ。さっきも言ったが、君にはすべてを提供する。これからは僕が用意した家で贅沢三昧《ぜいたくざんまい》に暮らし、時間を全部赤ん坊のために使えばいい。わかったか?」ダンテはベスの唇を奪った。

長く激しいキスはベスの感覚に火をつけ、必死に抵抗していたはずなのに気がつけば目を閉じ、ダンテの官能的な唇の説得力に降伏していた。ダンテが顔を離したとき、彼女の両腕は彼の腰にからみつき、やわらかな唇は開いていた。自分がなにをしたかに気づき、さっと腕を下ろして体の脇で指を固く握りしめ、食い入るようにダンテを見つめる。細められた目の中に浮かぶ表情を読み取りたかった。そこには欲望のきらめきと、なにかほかの感情があったが、なんなのかまではわからなかった。

「どうしてキスしたの？」

「君に触れずにはいられないからだ」ダンテは答えた。それは真実だった。ベスをなぐさめるべきとき、安心させるべきときであっても、彼女を裸にして熱くなめらかな体に押し入ることしか考えられない。できるだけ速く、深く……。「あるいは、君にしっかり話を聞いてほしかったからかもしれない」

〝君に触れずにはいられない〟と認めたダンテに驚きながら、ベスは彼を強く意識していた。彼の高ぶった体がはっきり感じられ、そのせいで全身が熱くなっているのに気づくと、ダンテに対しても自分自身に対しても同じくらい腹がたった。

「話なら聞いていたわよ。私のすべての面倒を見ると言ったんでしょう。その中には、結婚することも入っているのかしらね？」ベスは優美な眉の片方を皮肉っぽく上げた。「あなたの話には、プロポーズという項目はなかったみたいだけど」

「ああ、もちろん、君と結婚するつもりだよ」ダンテはベスから手を離し、黒い目にけげんそうな表情を浮かべた。「そのことははっきり伝えたつもりだったんだが。君にはすべてを提供する、とちゃんと言ったじゃないか。金や、快適に暮らしていける家や――」

「やめて！　結婚なんて、絶対にありえないわ！」

ベスは何度もかぶりを振りながらダンテから離れ、一つしかない肘掛け椅子に慎重に腰を下ろした。なんとしてでも、この場の主導権を握らなければ。

「私が結婚を持ち出したのは、道理をわきまえてほしかったからよ。冷静沈着な弁護士のわりには、あなたはここに現れた瞬間からなにかに取りつかれたようにふるまっているもの。おかげで、私もすっかり振りまわされてしまった。でも現実を見てみれば、まだ妊娠九週目にも入っていないし、最初の十二週間にはなにがあってもおかしくないの。だから、今こんな話は必要ないのよ。必要なのは赤ちゃんができたという考えに慣れることと、一人でゆっくり休むことだわ。あなたがどうしてもそうしたければ、何週間かしてから連絡してちょうだい。話し合いをするのはそのときでいいわ。そうするのが面倒だというなら、おあいにくさま。でも、あなたとは絶対に結婚しないわ。これは私の体で、私の赤ちゃんなの。じゃあ、そういうことだから」

放心したまま、ダンテは手で髪をすいた。今度はベスがつけ加える番だった。「わかった？」

そんな話は聞きたくなかったが、ベスの言うとおりなのかもしれない。妊娠していないことを確かめなければ前には進めない、と自分に言い聞かせていたが、ここに飛んできて彼女をドラッグストアに連れていくなど、まったく僕らしくない行為だった。一番のものを二番のもので妥協せず、仕事への集中力を保ち、私生活の管理を万全にする。すべては幼いころに父から教えられた信条であり、これまではずっと固く守ってきた。今さらそれを変えるつもりはない。

しかし、ベスを〝何週間か〟一人にさせておくつもりもなかった。ダンテの基準に照らせばけっして裕福とは言えないが、ベスはかなりの大金とこのコテージを相続している。その気になれば、いつでも姿を消せるのだ。彼女の失う危険を冒すわけにはいかない。

「君の理屈はよくわかるし、母親になるという事実を受け入れるのに少し時間が欲しいというのもわかる」ベスの大きな目の下にうっすらとくまができているのに気づき、ダンテは眉をひそめた。深い緑色の目の中の、警戒するような表情も気に食わない。「僕は明日、ローマに行かなければならないんだ。だから君も一緒に連れていきたい。必ず最高の医者に診せるし、君は僕の田舎の家にいればいい。使用人の数はそろっているから、しっかり気を配ってもらえる。あそこでならゆっくり休めるはずだ」

そのあと、二人は結婚する。ベスが望もうと望むまいとだ。宗教によらない民事婚なら、二週間か三週間で行えるだろう。

「いいえ、けっこうよ。私にはかかりつけの先生がいるし、自分の家にいるほうがいいの」

ベスが昂然《こうぜん》と顎を上げているのに気づき、ダンテは口元をゆがめた。拒絶されたことは驚きでもなんでもなかった。いかがわしい過去があるにもかかわらず、いくつかの点においては、ベスは今でも信じられないほど純真な女性だ。僕に指摘されるまで妊娠のことなどまったく頭に浮かばなかったのなら、本当に妊娠しているとわかったときには大変なショックを受けたに違いない。ベスが結婚に同意するまで立ち去るつもりはなかったが、しばらく待つことならできる。

「君がここにすてきな家を持っているのはよくわかっているが、女性が一人で住むにしては少しばかり寂しい場所なんじゃないかな」

「私は一人じゃないわ。友達がいるし、あなたの助けがなくても自分の面倒を見ることくらいちゃんとできる」ベスがそっけなく言った。

少し離れたところに立ち、じっとこちらを見つめているダンテが心配そうな声を出しても、ベスは信用していなかった。法廷で初めてダンテを見た瞬間は即座に親近感を抱き、その姿を希望の象徴と信じこんだけれど、今は違う。長い目で見れば、彼は希望よりはるかに危険な存在かもしれない、とベスは思いはじめていた。

「どんなふうに自分の面倒を見るというんだ?」ダンテは魅惑的な唇をきつく結んだ。そのようすからはけっして妥協しないという固い決意がうかがわれ、声ももはややさしくなかった。

ベスはゆっくり立ちあがった。ダンテは友達ではなく、今後もそうなる日はこない。彼には彼の将来の計画があり、現に先ほどエレンと結婚しようとした理由の一つは跡継ぎをつくることだと言っていた。

「まずはお医者さまに診てもらうわ。そのお医者さまが地元の病院に予約を入れてくれるでしょうね。すごく評判の病院なのよ」ベスはダンテに一歩近づいた。「さあ、これで話は決まり。帰っていいわ。お見送りはしないわよ」

ダンテは脇に寄り、ベスを通した。ベスは自由を手に入れた気でいるかもしれないが、僕が許すのは数分の話で数週間ではない。必ず彼女と結婚すると決意していたダンテは、二人に無駄にしている時間などないことを承知していた。カンナヴァーロの姓と二百年以上に及ぶ家の歴史は、僕の誇りだ。その僕の子が非嫡出子として生まれることなど、けっしてあってはならない。

7

ベスはダンテの脇を通り過ぎてキッチンに向かった。なんだか急におなかがすいたので冷蔵庫の中を調べ、玉子、ハム、チーズ、野菜サラダの材料を取り出す。それらをハーブと一緒にカウンターに置き、続いてオムレツ用のフライパンをコンロにかけた。

「手伝おうか?」

ダンテが入ってくる気配には気づかなかった。ちらりと後ろを見ると、彼はベスの真後ろに立っている。「いいえ。もうじゅうぶん以上のことをしてもらったもの。それに、帰ってと言ったはずだけど」

「実は今朝ロンドンを出発してから、なにも食べていないんだよ。帰りがけに近所のパブに寄って昼食をとってもいいな。パブを経営しているビルは客を大事にするやつみたいだが、あれは間違いなく君に好意を持っているぞ。どこに行けば君が見つかるかを教えてくれたのは、実は彼なんだ。妊娠を真っ先に知れば、きっと喜ぶだろう」

「だめよ。誰にも知られたくないわ。お医者さまに診てもらうまでは」そう言いながらも、はかない望みなのはわかっていた。「座って。帰る前になにか食べさせてあげる。できるのはハムとチーズのオムレツと、サラダだけだけど」またどうでもいいことをべらべらしゃべっているが、ダンテがあまりに大きすぎ、近すぎるのだからしかたない。彼がいると、広いキッチンもまるでウサギ小屋のようだ。

「ありがとう」

ほっとしたことに、ダンテは素直に離れていき、キッチンテーブルの椅子の一つに腰を下ろした。

ベスはサラダボウルとカトラリーと調味料をテーブルに置いた。それからものの数分でオムレツを焼きあげ、二枚の皿に取り分けるとテーブルに運び、ダンテの向かいの椅子に腰を下ろした。

「どうぞ」反射的に言ってから、ナイフとフォークを取り、ふわふわのオムレツを黙って食べた。

「おいしかったよ」ダンテの声がして顔を上げると、空になった彼の皿が見えた。「本当に料理がうまいんだな」口元には心からの笑みが浮かび、黒い目には驚きの色が宿っていた。

「そんなに驚いたように言わないで。母が教えてくれたのよ。すごく料理が上手だったの。母がつくるケーキは最高においしかった。子供のころの私がちょっとぽっちゃりしていたのは、たぶんそのせいね」ベスは苦笑した。「でも母が死んだあとは、体重が減りはじめたの」

彼女のやさしい笑顔を見て、ダンテは息をのんだ。「君が早くにご両親を失ったのは本当に気の毒だよ、ベス。あの裁判のほんの一年前にご両親が亡くなっていたなんて、知らなかったんだ。悲しみにとらわれると、人はばかげた行動に走ることがある――」

「ああ、やめて。あなたから形だけの同情なんてされたくないわ」ベスは肩をこわばらせ、燃えるような目でダンテを見た。「それにばかにしないで。私は無実だった。ティモシーとその友達が嘘《うそ》をついて罪に陥れただけ。そして、あなたがその嘘を確実なものにしたってわけよ。ねえ、教えて。ほかにどれくらい無実の人を刑務所送りにしたの?」

ダンテは自分の誠実さと高潔さに誇りを持っていたので、ひどく侮辱された気分になったが、ベスが彼の子を身ごもっていることを考えて反論はせず、事実を述べるにとどめた。

「一人もいないね。君を有罪にしたのは陪審員であって僕じゃない。僕は弁護士としてすべきことをしただけだ。警察と証人から提出された証拠に基づき、全力を尽くして主張の正しさを明らかにする。個人的に含むところはなに一つなかったし、まともな弁護士があれだけの証拠がそろった事件を担当したなら、誰でも結果は同じだった。刑事裁判にかかわったのはあれが最後なんだ。僕の専門は国際商事訴訟だからね」

ベスは目を大きく見開いた。「私の事件が最後だったの? よかった。そう聞いて本当に気持ちが楽になったわ」皮肉たっぷりの口調で言う。「今の話を聞いていると皮肉やあてこすりはこれっぽっちもないように、いかにももっともらしく聞こえたわ。当然よね、あなたはそれが得意なんだもの」

「どうとでも好きなように考えればいい。僕の経験では、女性はたいていそうする生き物だ」

「あなたって本当に男性優位主義者なのね」

「まあね、だから皿は洗わない」

ベスは思わずほほえみそうになりながら皿をシンクに運び、排水溝に栓をして水道の蛇口をひねった。

個人的に含むところはなかったと彼は言ったが、たしかにそうなのだろう。おそらくは人生の大部分を法廷で過ごし、何百件もの訴訟を扱ってきたのだ、かかわった人間全員を覚えているわけがない。

私が刑務所を出る日、ヘレンは振り返ってはいけない、恨みにとらわれて新しい人生をだいなしにしてはいけない、と言った。しかしあの裁判のとき、私はダンテだけにすべての責任を押しつけた。長い間彼を憎んできたけれども、ようやく気づいた。あれだけ不利な証拠がそろえば、事件を担当したのがほかの弁護士であれ、結果は同じだっただろう。だからといって、なにかが変わるわけではないけれど。ダンテがあいかわらず傲慢で、超がつくほどの自信家である事実は変わらない。

ベスが皿とフライパンをすすぎ、水切り籠に立てたとき、ダンテの声が聞こえた。振り返ると彼は携帯電話を耳にあて、早口のイタリア語で話しながら空いているほうの手をなにやら激しく動かしている。こんなにいきいきとした姿は今まで見た覚えがなく、ベスの胸はなぜかきゅんとした。

「仕事だよ」ダンテは口元に笑みをたたえたまま、ジーンズのポケットに携帯電話をしまった。

ベスは息をのんだ。思わずほほえみ返したくなった自分が、怖くてならなかった。ダンテはハンサムでカリスマ性を持つ男性なのに、私はこれまで悪賢くて、支配的で、信じられないほど傲慢といった彼の短所しか見てこなかった。長所を見つける前に、なんとしてもこの男性を早く追い払わなければ……。

「ねえ、ダンテ。私は何年もあなたを憎んできたけど、無駄だったってわかったの。あなたはけっして変わらないし、いつも正しい。それは私たちの赤ちゃんの未来にとって、幸《さい》先《さき》のいいことじゃないわ。独裁的な父親なんて、子供にとってもっとも望ましくない存在だもの。だから、あなたは立ち去るべきよ。私、本気でそう思うの」

「いいだろう。ただし、君も一緒に来てほしい。ここに一人で置いておくのはいやなんだ」

「一人にはならないわ。これからだって、友人のジャネットとそのお嬢さんのアニーが泊まりに来るのよ」ベスはちらりとほほえんだが、目は笑っていなかった。「じゃあ、気をつけて帰ってね」

それだけ言うとふたたび向きを変え、排水溝の栓を引き抜いて流れていく水をじっと見つめていると、椅子が動く音が聞こえた。

よかった、帰ってくれるんだわ。うまくいけば、次にダンテに会うころにはどう対処するか考えもまとまっているだろう。また会うことがあれば、だけど。たとえば、月に一度なら訪ねてくるのを許すとか。新しい生活に落ち着き、信頼する人々に囲まれている今、子供が生まれると考えてもそれほど怖くはなかった。むしろうれしくてわくわくし、まだ見ぬわが子にすでに愛情を抱いていた。

ベスはふきんで手をふき、振り返ってダンテが帰ったことを確かめようとした。だが、見えたのはテーブルの前に立つ彼の姿だった。

「帰ったのかと思ったのに」二人の視線がぶつかると、一抹の不安で背筋が震えた。ダンテはあいかわらず力強く男らしいオーラを発散しているが、なにかが変わった気がした。あたりの空気はぴりぴりと張りつめ、黒い目には固い決意が見て取れる。

「僕は人の指図は受けないが、僕の命令には必ず従わせる。君はそれを学ばなければならないぞ。僕たちが結婚したときは」

「結婚?」

「そうだ」

二人の間であれだけの言葉が交わされたあとだというのに、まだ結婚を望んでいるなんて。この男性は頭がおかしいに違いない……。

「これだけははっきり言っておくわ。結婚はしません。私を犯罪者だの、若い男を食い物にする魔性の女だのと考えている人と結婚するなんて、正気の沙汰じゃないわよ。私のあなたに対する評価も同じくらい悪いんだし。私はあなたという人が好きじゃないの。ましてや愛してなんかいないわ」

「僕だって、ぜひとも君を妻に迎えたいわけじゃない。だが、赤ん坊のことを考えなくては。二人が互いに対して礼儀正しくふるまい、子供にふさわしい愛を与えて大事に育てていくことだけに全エネルギーを注ぐなら、問題はなにもない。セックスの相性もいいんだから、経験から言っても愛よりも欲望があるほうが好ましいくらいだ。もっとも、愛なんてものが本当に存在するかどうかは疑わしいが」

「それが結婚を支持する理由なの? そんなに冷たくて事務的な話は聞いたことがないわ。いかにもあなたらしいわね」

「いや、きわめて理にかなっている。子供には嫡出子として生まれてほしいし、僕と同じようにイタリアにある一族の地所で育ってほしい。だが僕はしょっちゅう国外に出かけるし、かなりの時間をロンドンで過ごす。だから君はこのままこのコテージを持っていて、僕がロンドンにいるときにはここで過ごせばいい。君がすべての時間を二人の子供に捧《ささ》げる限りはね」

ダンテの傲慢きわまりない態度に、ベスは激怒した。「いいえ。あなたと結婚するなんて論外よ」

「僕の見るところ、君には二つの選択肢しかない。結婚するか、でなければ単独親権を求めて法廷で争うかだ。裁判は長くかかるぞ。もしかしたら何年も続くかもしれないが、君も知ってのとおり、それでも最後に勝つのは僕だろう。決めるのは君だ。好きなほうを選ぶといい」

「そんなの、選択肢でもなんでもないわ!」ベスは叫び、心を落ち着けるためにひと息ついてからぐっと顎を上げた。「どこの誰かはわからないけど、私の実の母親は赤ん坊の私を病院の救急科に捨てたの。でも私は養父母を愛していたし、子供の親権だって絶対に手放したりしない。といっても、法廷で争う気はないわ。この前で懲りたもの。私だってそれほどばかじゃないのよ。あなたがどんなにずる賢い悪魔かは知っているし、あなたが正義と呼ぶたぐいも信じていないの。あなたと結婚するですって? 残りの生涯をずっと一緒に過ごすなんて、考えるのも耐えられないわ」

ベスが養女であったことを、ダンテは知らなかった。調査員もそれほど昔までは調べなかったのだ。しかし創意豊かな頭は、ベスの最後の言葉の中に欲しいものを手に入れる方法を見いだした……。

「だったら、残りの生涯のことは考えなければいい。永久に続くものなどありはしないんだから」ダンテは黒い眉の片方を皮肉っぽく上げた。「離婚には賛成しないが、状況が状況だし、考慮に入れる用意はある。子供が三歳になったとき、君が結婚生活を耐えがたいものと感じていたなら、共同親権つきの協議離婚を認めよう。実際、その旨を明記した婚前契約書を作成するつもりでいる」

ベスはわずかに目を見開いた。こんな結婚話は頭からはねつけようと思っていたが、今のダンテの言葉を聞いてすっかり驚いてしまった。彼はわざと言ったのだろうか？　彼の表情は用心深いが、悪意は感じられず、ベスの口元に苦笑が浮かんだ。無神経で自己中心的なダンテは、三年後の離婚を申し出ることの皮肉さに気づいてはいないらしい。私に言い渡された判決も、三年の実刑だった……。

「つまり、免責条項つきの結婚ってこと？」驚いたことにふと気がつけば、ベスはこの申し出を受け入れることを考えはじめていた。かつてダンテのせいで刑務所に入るはめになったけれど、十八カ月後には外に出られた。だったら、結婚生活からも早めに抜け出せないとも限らない。それに子供を愛する一方で、最悪の妻になることだってできる。ダンテの生活をみじめなものにしてやればこれまでに対するいい仕返しになり、胸がすっとするだろう……。

「ああ、今言ったとおりだ」

子供にはできる限りのことをしてやりたい、とベスは思っていた。そうだとしたら認めたくはないけれど、たぶん申し出を受け入れるのがいちばんなのだろう。仕事であちこちを飛びまわっていることが多いダンテは、生物学上の父親ではあっても、実質的な父親になれるとは思えない。それどころか顔を合わせること自体、あまり多くないかもしれない。

「ほかに選択肢はないの？」

「もう一つの選択肢はわかっているはずだ。そっちのほうがいいのか？」

「まさか。とんでもない」

ダンテはベスの肩をつかみ、じっと見つめた。「だったら腹を決めるんだな。どうする？　イエスか、ノーか？」

「それならイエスよ」これが運命とあきらめるしかなかった。「ただし、婚前契約書は――」

そのとき、声が聞こえた。「ねえ、ベス、外にすてきな車がとまっているわよ。誰の車か知っている？」ジャネットがアニーを連れてキッチンに入ってきた。そしてぴたりと足をとめ、まだベスの肩をつかんでいるダンテを見つめた。

「違うの」ベスはあわてて言った。「いえ、あの、車なら知っているわ。こちらは――」

最後までは言えなかった。ダンテにキスをされたからだ。彼はベスを放し、ジャネットの方に行った。

「自分で紹介させてくれ。僕はダンテ、ベスの親しい友人で、もうじきそれ以上の存在になれるんじゃないかと思っている。君はジャネットだね」ダンテはよどみなく話しつづけ、ほほえんでジャネットの手を取った。ベスはそんな彼を、ぽかんと口を開けて見つめるばかりだった。「話はベスから聞いていたから、ようやく会えてうれしいよ。君と、かわいいお嬢さんのアニーに」

「あら……まあ、こんにちは」ダンテの存在感に威圧されたのか、ジャネットは口ごもりながら挨拶し、見開いた青い目をベスに向けた。「やってくれるわね、ベス。恋人がいるなんて知らなかったわ」

「もう何年も前に出会って、今年またあらためてつき合うようになったんだ。だが、ベスは僕のことを隠したがるんだよ」ダンテはとんでもないことを言い出した。「僕としては、ベスにイタリアで休暇を過ごしてほしいと思っているのに。僕が育った世界を見せて、結婚してくれるよう説得するために」

この悪魔はなんて口がうまいの？　ベスは信じられない思いだった。おまけに、彼がジャネットに向けるほほえみはまさに太陽のようで、あんな笑顔をベスは今まで一度も見たことがなかった。

「ああ、さすがにラテン男性の恋人ね」ジャネットはベスの方を向いた。「あなたったら、本当に信じられないわ。こんなゴージャスな男性のことを一度も話してくれなかったなんて。でも、責めるわけにもいかないわね。彼が私のものだったら、やっぱり独り占めしたでしょうから」

「あなたはわかっていないのよ――」

「なにをわかれっていうの？　イタリアで休暇を過ごすなんて、すごくすてきじゃないの。しかも、この人はあなたと結婚したがっているのよ！　さっさと行きなさいよ、彼の気が変わらないうちに」

「でも、すぐイタリアに飛んでいくってわけにはいかないわ。ビンキーを置いていけないし、そろそろ離れの改装工事が始まることになっているし」

「大丈夫よ。ビンキーなら私が預かるから。改装工事のほうなら……始まるまで、少なくとも二週間はあるんじゃなかった？」

十分後、気づいてみれば、ベスはダンテと一緒にベントレーのそばに立っていた。ジャネットが見ていたからだろう、ダンテはベスにキスをし、明日確認の電話をすると言った。今日すぐに連れ去られなかったことに感謝するのよ、とベスは思った。今日を入れればあと二日あるから、なんとかして別の道を考え出そう。

その夜ベッドに入ったベスは、疲れはてていたものの、今日起きたことで頭がいっぱいでなかなか眠れなかった。ジャネットからは数えきれないほどの質問をされたが、妊娠したと打ち明ける勇気はなかった。自身でさえ、受け入れかねているのだから。ダンテは〝結婚してくれるよう説得したい〟と言ったけれど、なぜわざわざまぎらわしい言い方をするのかわからない。結婚するよりほかに道はないのに。

翌日ベスはクライブに電話をし、休暇を取って二週間イタリアに行くと告げた。真実を話す勇気はやっぱりなく、そのときでもすべてが奇跡のように解決することを願っていた。戻ったら電話すると言うと、クライブのほうもしばらく家を留守にすることがわかった。彼は三カ月間の講演旅行でオーストラリアの大学をまわるらしく、ベスはなぜかこれまで以上の孤独感にとらわれた。

ローマに降りたったのは金曜の午後二時だった。制服姿の男性がベスを出迎え、空港のＶＩＰラウンジに案内する。彼によれば、〝シニョール・カンナヴァーロはここに迎えに来ます〟とのことだった。

生まれて初めてファーストクラスに乗った。といっても、これまで飛行機に乗ったことは四回しかないけれど。ベスはそわそわしながらベージュのカシミアのワンピースのしわを伸ばし、あたりを見まわした。ビジネスマンらしき男性は数人いるが、ダンテの姿は見あたらない。もしかして気が変わったのだろうか？　二週間の休暇と思っていたけれど、ひょっとしたら今すぐイギリスに帰れるかもしれない。

ミーティングは思っていたより長くかかり、空港までの道は恐ろしく込んでいた。空港のラウンジの開いたドアの前で足をとめると、ベスがラウンジを歩きまわっている。今日は長袖のニットワンピースを着ていて、誘惑的な体の曲線がくっきり浮かびあがっていた。すばらしい脚もハイヒールのおかげでさらに際立って見えると思ったとたん、ダンテはその脚を腰にからめながら彼女の中に深く身を沈める鮮明な光景以外、なにも考えられなくなった。

荒れ狂う欲望を抑えこもうとひと息ついてから、ダンテは前に進んだ。すると、そこにいる男性すべてがベスを見つめていることに気づき、たちまち頭にかっと血がのぼった……。

ダンテは本当に心変わりしたのではないかしら？　ベスはもう一度腕時計を確認した。

「ベス、いとしい人《カーラ》」

振り返るとこちらに向かってくるダンテが目に入って、ベスの胸は高鳴り、息ができなくなった。今日のダンテはダークグレーのスーツに白いシャツを合わせ、ストライプのネクタイを締めている。あれほど大柄な男性にしては、動きはスポーツ選手のようにしなやかだ。でも目をみはるほどすばらしい彼は、ひどく怒ってもいるようだ。

ダンテはベスの肩をつかみ、引きしまった唇で彼女の唇をふさいだ。ベスは手を上げて硬い胸を押し返そうとしたが、気がつけばどういうわけか、やわらかなシルクのシャツに指を広げていた。

キスをやめたのはダンテのほうだった。「遅れてすまなかった。だがだからといって、ラウンジをパレードしてまわる必要はなかったんじゃないか？」

「パレード？」ベスはさっと顔を上げ、ダンテのハンサムな顔を見つめた。日に焼けたなめらかな肌も、角張った顎も、どこまでも男らしくて力強い。しかし驚いたことに、たぐいまれな黒い目には当惑の色が浮かんでいた。

「ばかなことを言った。自分でも信じられないよ。君は本当に手に負えない女だな、ベス」ダンテは彼女の腕をつかんだ。「行こう。ここから出るんだ」

五分後、ベスは黒いリムジンの後部座席に乗りこみ、できるだけダンテから離れて座った。イタリアは思っていたより暑く、カシミアのワンピースを選んだのは失敗だったが、幸い車内はエアコンのおかげで涼しい。向かいに座るダンテをちらりと見ると、これまでずっと封じこめていた怒りがついに堰《せき》を切った。「取りたくもない休暇を取らされたのに、準備の時間はほんの数日しかもらえず、こっちに来たら来たで、マラソン選手みたいに空港を走らされる……。いったいなにをそんなに急いでいるの？」

「医者に予約を入れているんだ」

「医者の予約？」ベスはダンテをにらみつけた。

「君のために入れておいた。心配はいらない。ローマで一番の医者だから」

「ちょっと待って。私はあなたの田舎の家に泊まるんじゃなかったの？　なんにしても、飛行機を降りてその足で病院に直行するなんてありえないわ」

「どうしてだ？　医者に診てもらうのは、早ければ早いほどいい。赤ん坊になんの問題もないことをちゃんと確かめたいんだ。僕の田舎の家にはそのあとで連れていく」

「そうね、言いたいことはわかるわ」つまりは結婚前に、妊娠をきちんと確認したいという意味だろう。ベスは別にかまわなかった。ダンテがしたくないのと同じくらい、私だって結婚などしたくない。二人が結婚するのは、子供のためにすぎないのだ。

ドクター・パスカルは感じのいい男性で、英語も話せたので、ベスは心からほっとした。医師は二人にいくつか質問をしたが、一度だけ気まずい瞬間があった。家系に遺伝病があるかときかれたときで、ベスは一瞬言葉を失った。

「僕の婚約者は生まれてすぐ養子に出されたんです」ダンテが代わりに答え、励ますようにベスの手を握った。「だから、質問にはお答えできません」

「かまいませんよ。今ある情報だけでじゅうぶんですから」医師は看護師を呼び、ベスを診察室に連れていくよう頼み、ダンテには待つよう言った。

ベスがようやく診察を終え、医師についてオフィスに戻ってくると、ダンテはさっと立ちあがり、彼女には目もくれずに言った。「なにも問題はありませんね、ドクター？」

なぜかはわからないが、ベスは傷ついた。どうして彼は私に話しかけてくれなかったの？

医師はにっこりした。「なにもかも完璧ですよ、シニョール・カンナヴァーロ。お子さんは順調です。あなたは運のいい方だ。婚約者の方は若くてとても健康で、今は妊娠九週目ですね。二週間後に超音波検査の予約を入れておきましたよ」

なんの感情も表さないまま、ダンテはイタリア語で礼を述べた。それからさらに数分間話をしたあと、二人は医師のオフィスをあとにした。

ふたたびリムジンに乗りこんだベスは、窓の外を見つめながらもの思いにふけった。妊娠したことがわかって以来、それが現実なのかどうか絶対的な確信を持てずにいたが、もう疑うべくもない。子供はこんなふうにではなく、愛によって生まれてくるべきなのにと思うと悲しかった。

「もう後戻りはできないな」ダンテが言った。「パスポートを預けてくれれば、二週間後にローマで民事婚ができるように手配する。状況からして、友人や家族には事後報告にしたほうがいいだろう」

ベスはショックで目を見開いた。「そんなに急いで結婚しなくてもいいんじゃないの？　子供が生まれるまで待つほうが理にかなっていると思うけど」

「ほかの女性ならそうかもしれないが、君の場合は話が別だ。逃亡の危険性があるからね。すでに一度身元を変えているし、家族も雇い主もいない。縛るものがないうえ、一文なしというわけでもなく、消えようと思えばいつでも消えられる。だがあいにく、また君をさがし出す時間など、僕は持ち合わせていない」

「あなた……あなたって人は……」ベスは激怒して食ってかかった。「じゃあ、結婚したあとは？　どうやって私を引きとめておくの？　向こう三年間、ずっと監禁しておくつもりとか？」

「そんな大げさなまねはしない」ダンテはあざけるように言った。「いったん結婚すれば、君をさがすのに僕の時間を無駄にする必要はない。行方不明の妻なら、法が代わりにさがしてくれるからね」

ベスは息をのんだ。目の前の男性を殺してやりたいほど怒っていたけれど、今は口をきくことさえままならなかった。

「さっき言ったように、僕たちは二週間後に結婚する。それから日曜にロンドンへ戻って、母に君を妻として紹介し、あとは改装工事に間に合うようにデヴォンのコテージに戻る。

それでいいな？」

「いいわ」ベスはバッグからパスポートを取り出して、ダンテに渡した。指と指が軽く触れ、思わずびくっとする。泣きわめきたい気分になったのは、ヘレンが亡くなったとき以来だ。きっとホルモンのせいよ、とベスは自分に言い聞かせて深呼吸をした。

「大丈夫か？　疲れた顔をしているぞ」

「ええ、大丈夫よ。お医者さまの話を聞いたでしょ？　でも心配してくれるなんて、やさしいのね」

その後はほとんど会話がなかった。ベスは怒りで今にも爆発しそうだったし、満足そうな表情のダンテのハンサムな顔を見ていると、なおさら——。

「ベス、起きてくれ。着いたぞ」

彼女はぱっと目を開けた。いつの間にか、眠ってしまったらしい。気づいてみればダンテに守るように抱き寄せられ、硬い胸に頭をあずけていて、あわてて体を起こし、スカートのしわを伸ばす。彼にもたれて眠ってしまった自分が、ベスは恥ずかしくてたまらなかった。しかもさらに悪いことに、その感触はとても心地よかった。

8

ベスは車を降り、あたりを見まわした。もう暗くなっているが、家の正面がかすかに見える。大きな両開きのドアが開け放たれているせいで、長方形の光が夜の闇にもれていた。ダンテはベスを、屋敷の家政婦であるソフィとその夫のカルロ、ほかの三人の使用人に紹介すると、大理石の床を横切って大きな階段に向かった。「君の部屋を見せよう」腕時計をちらりと見る。「ただし、あと四十五分しかない。夕食は九時までに始める、とソフィが言っているんだ。僕が生まれる前からここで働いている彼女には、逆らえなくてね」

「やさしいのね」ベスは驚きながらもほほえんだ。案内された部屋に入った瞬間、さらににっこりする。いかにも女らしい部屋は全体が白とパステルピンクで統一され、彩色されたアンティーク家具が置かれていた。「ありがとう。すてきなお部屋だわ」

「礼なら、ソフィに言うんだな。選んだのは彼女なんだ。女友達を二週間泊めると言ったから、君にいい印象を与えようとしているんだろう」

「あとでお礼を言うわ」

ダンテが出ていくと、カルロが荷物を届けてくれ、メイドがドレッシングルームとバスルームに案内してくれた。

十五分後、シャワーから出たベスは、白くやわらかなバスタオルを体に巻きつけてドレッシングルームに入った。メイドの姿はすでになく、荷ほどきは終わっている。ベスは急いで下着が入っている引き出しから、おそろいの白いレースのブラジャーとショーツを出して身につけた。

化粧台の前に座り、髪をとかし、顔に保湿液をぬる。あとは長いまつげにマスカラをつけ、淡い色のリップグロスを薄くぬれば、準備完了だった。

きっかり四十五分後、緑のジャージーシルクのラップドレスを身にまとい、キトンヒールの黒い靴をはいて、ベスは階段を下りていった。

いちばん下に着いたところで広い玄関ホールを見まわし、左側に二つあったドアの一つを開けると、そこはダイニングルームだった。ベスはほっとして中に入ったが、すぐにぴたりと足をとめた。大理石の暖炉のそばに、グラスを手にしたダンテが立っている。「もう飲んでいるの！」黒いスーツ姿のダンテを見て、ベスの心は激しく乱れた。

「そのドレスを着た君を見れば、男は誰でも酒に走りたくなる」ダンテはベスの全身を眺めまわし、近づいてきて彼女の腕を取った。「きれいだよ」

「ありがとう」ダンテの力強い腕のぬくもりを感じて、脈が異常に速くなる。今はぎりぎり正気を保っているけれど、早く放してくれないとそのうちとろけてしまうか、彼の首を絞めてしまいそうだ。ダンテは私を激怒させる一方で、同じくらい強く魅了する。まるで壮大ですばらしいが、ときに死をもたらす自然の力のようだ……。

数分後、二人は細長いダイニングテーブルについた。そのあとソフィが最初の一品を持って現れ、ワインを持ったカルロがあとに続いた。

けれどベスはワインを断り、水でいいと言った。

ダンテは眉を上げたが、すぐに理由に思いあたったらしく、口元に満足そうな笑みを浮かべた。

食事はおいしい前菜に始まり、キノコのリゾット、絶妙に味つけされたスズキと続いた。ワインを飲みつつも、ダンテはベスのグラスがつねに空にならないよう気を配り、気楽ながらも得るところの多い話をした。ダンテの地所にはさまざまなものがあって、葡萄園《ぶどうえん》も持っているらしい。六歳のとき、バケツの中で葡萄を踏みつぶしてワインをつくろうとしたとダンテが語るのを聞いて、ベスは思わずくすくす笑った。

暖炉の上にかかっている絵についてきいてみると、父親の絵だと教えられた。五十二歳のとき、交通事故で亡くなったそうだ。玄関ホールや階段に飾ってあるのは祖先の絵だという。一族の肖像画に思いをはせると、どういうわけか、これからの三年間に待ち受けている生活がますます思いやられた……。

デザートが出るころには、ベスの食欲はうせていた。そのいちばんの理由はわが家でくつろぎ、ウィットに富んだ話をするダンテに好意を抱きはじめ、くつろぐどころではなかったからだ。ふと気づけば、目はダンテの唇をさまよっていて、彼が無意識に唇を湿らせるとごくりと唾をのみこんでいた。

サロンでコーヒーを飲もうと言われたとき、ベスは椅子から立ちあがった。「差しつかえないなら、コーヒーは遠慮しておくわ。移動とかお医者さまの診察とかで疲れてしまったから、もう休みたいの」

「わかった。部屋まで送るよ」

ダンテに背中を支えられて階段をのぼりながら、ベスは自問した。三カ月前までは成功した大人の女だったのに、いつの間に彼との結婚を承知するほど愚かになってしまったの？　寝室の前に着くと、彼女はダンテをちらりと見あげ、おやすみの挨拶をしようとした。しかしダンテはベスの背中に置いていた手を腰にまわし、空いたほうの手でドアを開けて彼女を中に入れた。

「おやすみなさい、ダンテ」ベスはきっぱり言い、彼の胸を両手で押しのけようとした。

ダンテはその手を自分の大きな手でとらえた。「僕たちの関係からすれば、おやすみのキスを――」

「その必要はないわ」ベスは彼の言葉をさえぎった。しかし二人の目が合うと、黒く深い瞳の中には欲望が燃えていて、動くことができなくなった。

「僕には必要なんだ」ダンテがかすれた声で言い、ベスの唇を奪った。

すべてがあっと言う間だった。部屋の外でダンテにおやすみの挨拶をしたと思ったら、次の瞬間には部屋で抱きしめられ、ベスはむなしく両手を振りまわした。しかし抵抗する気力は恥ずかしいほどあっという間に消えうせ、気がつけば両手はもはや彼をたたくどころか、肩をしっかりつかんでいた。

顔を上げたダンテが、ぎらぎらした目でベスの全身をさっと眺めた。そしてラップドレスの襟ぐりからのぞく胸のふくらみに目をとめると、白いレースのブラジャーの下に指をすべりこませ、硬くとがった胸の先を撫《な》でた。「すてきな下着だ、ベス。だが、裸の君のほうがもっといい」かすれた声で言い、ふたたびベスの唇を奪った。

二人の舌がからみ合い、ベスの体の中で興奮が炎のように燃えあがった。ダンテだけを意識し、うっとりするような彼の味と愛撫《あいぶ》が与えてくれる快感に溺れていると、もはやなにも考えられなかった。

そのときダンテがふいに彼女の腰をつかみ、持ちあげて体から離した。ベスは目を見開き、やっとのことでダンテの顔に焦点を合わせた。黒い目には抑えこまれた欲望がくすぶっているが、きつく結ばれた口元には固い決意がうかがえる。彼は情熱的な恋人としてふるまうよりも、自分の意志を通そうと決めたらしい。

「僕は君が欲しいし、今すぐ抱くこともできる。触れるたび、そう思ってしまうんだ。二人が惹《ひ》かれ合う力はダイナマイトみたいに強力だが、まず先にいくつかはっきりさせておくべきことがある」

抑えのきかない興奮を抑えようと必死になりながら、ベスはすっかり恥じ入っていた。しかし、ダンテも同じように熱い欲望の炎に身を焼かれているのかと思うと、少しだけ心がなぐさめられた。

「この結婚がうまくいくためには、基本ルールをつくる必要がある。一つ目はわかりきっている。二人は普通の夫婦と同じことをする、ということだ。僕は禁欲には向いてないし、君だってそうだからね」

ベスは乱れたドレスを整えようとした。

「いや、今夜はまだだ」ダンテは自嘲ぎみに言った。「結婚式までは待つ。医者の話では君は健康だから、セックスをしても母体と赤ん坊に害はないそうだ」

「本当にそんなことをお医者さまにきいたの？」

「もちろん。君と子供の面倒はしっかり見るつもりだからね。そこで、二つ目のルールが必要なんだ」驚いたことに、ダンテはベスから手を離し、彼女の服の蝶《ちょう》結びを直した。

「まったく、君といると気が散ってしょうがない」口元をゆがめて言う。「家族や友達の前では、共同戦線を張ってもらう。まずは、僕から身を引かないようにするのが第一歩だな。

妻の役は完璧に演じてもらうぞ。それと、僕の銀行に君の個人口座をつくっておいたよ」

「そんな必要はないわ」

「いや、あるんだ。つべこべ言うな。明日はミラノに出かけて、指輪と君の服を買おう。僕は社交行事に参加することが多いし、結婚すれば当然君も一緒に参加することになるからね。僕はその足でローマに行かなきゃならないが、次の週末には帰れるよう努力する。それが無理でも、その次の金曜には戻ってきて、君を病院に連れていくよ。結婚式は土曜日の予定だから、それまではゆっくり休んでいるといい。わかったか?」

「ええ」ベスはあきらめの境地に達しつつあった。これからの三年間、二人の人生は密接に結びつく。それはしかたないことなのだろう。「じゃあ、もう休んでもいいかしら? 本当に疲れているのよ」

「もちろんだ。ぐっすり眠ってくれ」ダンテはベスの唇に軽くキスをし、片方の眉を皮肉っぽく上げた。「もし眠れるなら、だが」

ダンテが去ったあとも、ベスはその場に立ちつくしていた。たしかに眠れそうにないと気づき、恥ずかしくてたまらなかった。弱い私では、セクシーな未来の夫に抵抗できない。亡き母の好きだった諺《ことわざ》は、〝自分で整えたベッドには自分で寝なければならない〟だった。つまり、自業自得という意味だ。そして今回、ベスのベッドはダンテが整えてくれた。だったら責任は引き受けなくていいのだから、夫婦としての日々が続く間は楽しめばいいのでは？　シニョーラ・カンナヴァーロの役を演じるのは、それほど難しいことではないはずだ。

両親は私にきちんとしつけをしてくれたし、会計士として裕福な顧客と食事をしたりお酒を飲んだりした経験もあるから、上流社会に気後れを感じることはない。それにダンテの過去の女性関係は知っているので、愚かな幻想も抱いていない。たぶん数カ月もすれば、彼は私に飽きるだろう。

私には子供が――愛し慈しむわが子がいる。大事なのはそれだけだ。たとえ三年の結婚生活が終わっても、もうほかの男性に目を向けることはないのでは、という気はするけれど。


窓から差しこむ陽光を浴びて、ベスは眠そうにまばたきをした。しかしいれたてのコーヒーの強い香りをかいだ瞬間、ぱっと目を開けて青ざめた。体を起こすと、ベッドのそばにソフィが立っている。

「コーヒーはベッド脇のテーブルに置いて、ソフィ。先にバスルームとシャワーを使うから」

「はい」ソフィはふっくらした顔に輝くような笑みを浮かべた。「朝食にはなにを召しあがりますか？」

「紅茶とトーストでいいわ」

ソフィが出ていくのを見届けると、ベスはコーヒーをバスルームに持っていき、全部トイレに流した。十五分後、シャワーを浴びおえた彼女は衣装だんすの前で悩んだ。ファッションの都ミラノで買い物をするには、どんな服を着ればいいのかしら？　選択肢は限られている。荷物に入れてきたのはカジュアルな服が数着と、あとは昨夜着たドレスとワンピース、きちんとしたスーツが一着だけだ。昨日はカシミアを着て汗をかいたので、今朝も太陽がぎらぎらしていることを考えたベスは、結局リネンのワンピースを選んだ。

ダンテは階段の下でじりじりしながら待っていた。そして、やっと下りてきたベスをひと目見たとたん、自分が大変なトラブルの渦中にいることを悟った。ベスは美しく上品で、見ているだけで息がとまりそうになる。淡いグレーのワンピースは、通りで初めて彼女を見かけたときに着ていたものだ。まばゆいつやを放っている赤い髪は自然に波打ち、肩に軽くかかっていた。化粧は控えめで、アイシャドーと長く濃いまつげを際立たせるマスカラを少しつけ、つややかな薔薇《ばら》色のグロスをぬっているだけだったが、しみ一つない肌は本当に輝いているかのようだ。

昨夜チャンスがあったのに、どうして彼女とベッドをともにしなかったのだろう？　代わりに結婚に関するルールを決め、式がすむまでセックスはなしと言うとは頭がどうかしていたとしか思えない。

「よし、準備はできたな。だが、ソフィにいったいなにをしたんだ？　紅茶とトーストを用意するのに、にこにこしながらキッチンを踊りまわっているぞ」

「おはよう」ベスは冷ややかに言った。「ソフィにはなにもしていないわ。朝食はなにがいいかときかれたから、答えただけよ。差しつかえなければ、出かける前にその朝食をいただいていいかしら？」

カルロが近づいてくるのに気づき、ダンテはさらにしゃべろうとするベスの口にすばやくキスをした。「いいとも、いとしい人《カーラ》。ただし、急いでくれ。僕は先に行ってヘリコプターを点検している」


ヘリコプターに乗るなら、ダンテは自分で操縦するに決まっている。まったく、いつも主導権を握っていないと気がすまないのね、とベスは思った。

「あなたの秘密の趣味はヘリコプターじゃなくて、車だと思っていたんだけど」

「そのとおりだ。だが、エンジンのついているものならなんでも好きでね。実際、ポルトフィーノのヴィラにはスピードボートとクルーザーもある」

ベスは苦笑し、かぶりを振った。「どうしてかしら？　それを聞いても、あまり驚かないわ」

ヘリコプターは高層ビルの屋上に着陸し、ベスはエレベーターを見て緊張した。ダンテがまるで看守のように隣に立って一階行きのボタンを押すと、金属製のドアが閉まってエレベーターが階下に向かい出し、ベスは歯を食いしばった。パニックで全身の筋肉がこわばり、ただじっと前を見つめていることしかできなかった。

その凍りついたような表情に気づき、ダンテが彼女のこわばった肩に腕をまわす。「大丈夫か？」

「平気よ。私、ちょっと閉所恐怖症の気があって、刑務所を出てからずっとエレベーターが苦手なの。でも、軽いものだと思うわ。ガラス張りのエレベーターなら平気だし」

「なぜ言わなかったんだ？　たいていの女なら叫んでまわるだろうに、君ときたらなにも話そうとしない」口が重いベスに、ダンテはいらだった。今日だけではない。再会してから彼女はずっとそうだ。

「話してなんになるの？　どうせ私の言うことなんて信じないくせに」ベスはただひたすら行き先階のボタンを見つめていたので、顔をしかめたダンテに気づかなかった。一階のランプが点灯すると彼の腕の中から抜け出し、まだドアが開ききらないうちに外に出て、通りに出るまで足をとめなかった。

何度か深く息をする。とりあえず、今回は気分が悪くはならなかった。そう思って少しほっとしていると、ダンテがまた腰に腕をまわしてきた。

「気分はどうだ？」ダンテは指先でベスの顎を上げさせ、黒い目でじっと彼女の顔を見つめた。

「大丈夫よ。言ったでしょう、軽いものだって」ベスは頭を振って、ダンテの手を払いのけた。「さあ、買い物をしましょう。そのために来たんでしょう？　気晴らしをしなくちゃ」

「いいだろう。では、最初は指輪だ」ダンテが言い、二人は歩きはじめた。「民事婚だから、ウエディングドレスは必要ない。でも、君が欲しいなら……」

「まさか。私としては粗布の袋でもかまわないくらいだわ。なんでもあなたが好きなものを着るわよ」

五分後、二人は高級宝石店の中に座り、プラチナの結婚指輪を前にしていた。「好きなものを選ぶといい」ダンテが命じるように言った。

「いいえ、あなたが選んで」ベスは言い返した。「あなたが言い出したことなんだもの」

それから二分後には、ダンテは指輪を選びおえていた。なんとそれはペアの結婚指輪で、ベスはすっかり驚いた。ダンテが代金を支払い、届け先としてローマの住所を書くと、二人は店を出た。

「あなたが指輪を選んだとき、お店の人と私、どっちがよけいにびっくりしていたかしら？」ダンテに手を取られて歩きながら、ベスは言った。「結婚指輪をつけるような人だとは思わなかったわ」

「そもそも、君は僕という男をまったく見ていないんじゃないのか？ なんだかそんな気がするよ」ダンテは謎めいたことを言い、ベスをブランド物のブティックに連れていった。

ベスは店の上品な内装に感心し、畏敬の目であたりを見まわした。その間、ダンテのほうはやけに熱心な女性店員二人を相手に長々と話しこんでいた。

「ベス」ダンテがやっと戻ってきた。「この二人が君の相手をしてくれる。好きに選んで、結果を見せてくれ」そう言って豪華なソファに腰を下ろし、ほほえみかける。「さあ、行くんだ。時間はありあまるほどあるわけじゃないんだぞ」

「はいはい、ご主人さま」そのとき、また別の店員が現れ、ダンテにコーヒーを勧めた。どうやら彼はこの店では顔のようだ。いったい何人の女性をここに連れてきたことがあるのだろう？

ベスはさまざまなカジュアルな服を試着しては、ダンテの前を歩いた。それからスーツ、次はワンピース、最後はイブニングドレスを試した。着替えるたびにソファにゆったり座ったダンテが、あれやこれや意見を述べる。ベスをだしにしてすっかり楽しんでいるらしいその態度に、彼女の怒りは刻一刻とつのっていった。

シルバーの細身のイブニングドレスを着たとき、とうとう堪忍袋の緒が切れた。店員に無理やり着せられたドレスは、まるで第二の皮膚のように腰とヒップにぴったり張りついていた。

「ああ、それがいい。そのドレスを買おう」ところがベスが近づいてきたので、ダンテは少し姿勢を正した。

ゆっくりと向きを変えたベスの後ろ姿を見て、彼は息をのんだ。ダンテのあぜんとした顔に、ベスは振り返って挑発的な笑みを浮かべた。「本気なの?」ダンテにいっそう近づいていき、その膝に腰を下ろす。そして腕を広い肩にまわし、もう一方の手で引きしまった彼の唇の輪郭をなぞった。「こんなドレスを本当に私に着せたいと思っているの?」

ダンテは言葉を失った。ベスがほほえみながら近づいてきて触れたのは、初めてだった。どこにいるのかも忘れて両腕を体にまわすと、ベスが耳元に鼻をすり寄せた。

「もうたくさん」彼女はきつい口調でささやいた。「私がここにいる理由を思い出して。こんなドレス、お金の無駄よ。二週間後には着られないのに」

ダンテは激しいキスでベスの唇をふさいだ。

ベスにとっては不意打ちだった。熱い欲望と、むき出しの背中に押しつけられた手の感触、そしてヒップの下で彼の体が硬くなっていくことだけしかわからなくなる。ダンテがキスをやめたとき、ベスは息を切らしていた。

「まったく君の言うとおりだ」ダンテはベスの腰をつかみ、自分と一緒に立ちあがらせた。「そして僕も正しかった。君は生まれながらに、じらすのが大好きな女なんだよ」

今の挑発的な行為のおかげで、ベスの本来の姿を思い出すことができた。妊娠がショックだったあまり、危うく忘れかけていたが。「行って着替えてくるといい。買い物は終わりだ。帰るぞ」

ダンテはベスを放し、自分はカウンターに行って支払いをすませた。店員と少し話をしてから、運転手に電話をかける。数分後に戻ってきたベスを見て、やはり彼女は信じられないほど美しく、完璧な体の持ち主だ、とダンテは冷静に分析した。しかし、世の中には前科者ではない女性がごまんといる。ベスと結婚するのは、妊娠したからにすぎないのだ。

ダンテはベスの腕を取り、外に出て……そこで足をとめた。「まだ十二時半だ。家までは一時間あれば着く。君がそうしたければ、この近くで昼食をとってもいい。僕は夕方までにローマに到着しなきゃならないから、あわただしくなるかもしれないが」

「いいえ、昼食はあなたの家でいいわ」ベスは言った。そこが彼女の家になることはけっしてないと、心の底からわかっていたからだ。

「わかった。ヘリは地上のヘリポートに移動させておいたから、すぐに迎えの車が来る」

つまりは、すでに帰る準備をしていたということ？　ベスは思った。どうやらランチのお誘いも、結婚と同じように本物ではなかったらしい。

そのときの会話を境に、帰る間じゅう、二人はどちらも口をきかなかった。車で移動した距離は短かったうえに、いったんヘリコプターに乗りこんでしまえば、どのみち会話をする必要はなかった。

家に戻ってからも、状況はあまり変わらなかった。

ベスは遅まきながら服を買ってもらった礼を言ったが、ダンテはただ肩をすくめただけで、そのまま彼女を書斎に連れていき、婚前契約書を見せた。

「座って読んでくれ。イタリア語から英語に翻訳してある。疑問に思ったことは残らずメモしておくことだ。僕はソフィに、君の昼食を準備するよう言ってくる」

ベスはデスクの椅子に座り、契約書を読みはじめた。全部で四枚しかない簡潔な内容だった。三年後には離婚ができるようになって共同親権も得られるという、いちばん確認しておきたかった項目もちゃんとはっきり書いてある。しかもダンテはベスのために、とんでもない大金を払う用意までしていた。最初はお金など受け取るまいと思ったベスだったが、やがて良識が感情を凌駕《りょうが》した。私は欲しくないかもしれないけど、お金を必要としている人ならいくらでも思いつく。慈善事業に寄付すればいい。

戻ってきたダンテに、ベスは問題はないと告げた。彼は書類を受け取り、ローマへと出かけていった。

ベスは電話を切り、ため息をついた。

おかしなことだが、電話でならダンテと普通に話ができた。二人でミラノに出かけ、ダンテが急いでローマに去っていった日以来、毎朝電話がかかってきた。最初のころは調子はどうかときかれただけだったが、そのうちだんだん会話は長くなっていった。週末になっても仕事が忙しいと言って、ダンテが戻ってくることはなかった。おかげでソフィはひどく機嫌を損ねたが、ベスは心の底からほっとした。

ソフィはベスに家と庭を見せてくれ、カルロも地所を案内してくれた。ベスも一人であちこちを探検してまわった。だから地所をどう思うかとダンテにきかれたとき、家も土地も美しいと答えた。ありとあらゆることを話し合ううちに、いつしかベスは彼との電話を楽しむようになっていた。しかしいよいよダンテが戻ってくる日がくると、全身の神経はさすがにぴりぴりしていた。

9

すっかり慣れ親しんだダンテの田舎の家の寝室を見まわし、ベスはふと考えた。私はいつかまたここを使うことがあるのだろうか？　悩ましいもの思いを振り払い、ベッドを出てシャワーを浴びる。今日着るものは買ったばかりの、ミッドナイトブルーのパンツスーツに白いシルクのブラウスに決めた。もともと持ってきた服は、ダンテに買ってもらった数着の服とともにすでにスーツケースにつめられている。最後に洗面道具を入れると、準備は整った。

それからいつものように、キッチンでソフィと一緒にのんびり朝食をとった。朝食室で一人で食べるなんて、堅苦しくて耐えられなかったのだ。しかし今日は食事の途中でカルロが現れ、ヘリコプターが到着したと二人に告げた。

玄関ホールを見まわすと、壁に飾られた一族の肖像画がベスの目にとまった。いつの日か、私の子供の絵もここにかけられるのかしら？　けれど、私自身がその絵を見ることはないはずだ。子供が三歳になれば、たぶん、もう二度とここには来ないのだから……。

ダンテが大理石の広い床を歩いてきた。「またきれいになったな、ベス」

低く太い声はベスの神経を刺激した。

「気分はどうだ?」ダンテがベスの顎をとらえて上を向かせたせいで、なじみのある男らしい香りが鼻孔をくすぐる。こうして近くにいると、彼は本当にそびえるように大きい。恐ろしいことに、頭の中に輝かしいダンテの裸体が鮮明に浮かびあがり、ベスは震える太腿をぎゅっと閉じた。今感じていることを、ダンテに告げるわけにはいかない。

「気分ならいいわ」

「すまなかったな、僕が地所を案内してやれなくて。会いたかったよ」深みのあるハスキーな声が響く。

その瞬間、心の奥深くでなにかが目覚め、ベスは自分もダンテを恋しがっていたことに気づいた。口を開いてそう言おうとしたが、そこにソフィが飛びこんできてなにやらイタリア語でまくしたてたので、大きな過ちを犯さずにすんだ。ダンテが〝会いたかった〟と言ったのは、ソフィが聞いていたからに違いない。

一時間後、二人はローマに降りたち、運転手つきのリムジンで病院に向かった。

うろうろしているダンテのそばで超音波検査を受けるのは恥ずかしかったが、看護師が画面上に見える赤ん坊を指し示した瞬間、ベスは畏敬の念に打たれた。目をみはり、それからダンテと顔を見合わせてうれしそうにほほえんだ。

リムジンに戻っても、ベスはわが子の写真に見とれていた。しばらくして車がとまる。「僕の弁護士が待っている」ダンテはベスの腕を取り、法律事務所へと連れていった。二十分後、婚前契約書への署名が終わると、二人はふたたび車に戻った。

スマートフォンを取り出したダンテは仕事をしているらしく、本当に手際がいい男性だ、とベスは思った。病院からすぐ法律事務所に直行したときには、あまりの展開の速さに驚いたが、よく考えればなにも驚くことではない。彼の立場に立って考えれば、私のような悪女に自分の姓を与えるからには、確実な保証が欲しかったのだろう。DNA検査を要求されなかったのが不思議なくらいだ。私が彼を信じていないように、ダンテも私を信じてはいないのだ。

市内を出たリムジンは鉄製の門をくぐり、広い私道を走ってから一軒の建物の前でとまった。由緒のありそうな堂々とした建物は、きれいに手入れをされた芝生と色鮮やかな花が咲く庭園に囲まれていた。「ここにあなたのアパートメントがあるの？」

「いや、僕のアパートメントはカンナヴァーロ家が持つビルの最上階にある。だが、そこは家というより、オフィスの延長のようなものなんだ。だったら、ホテルのほうがいいかと思ってね、ここのスイートに二泊すると予約しておいた」

ベスが驚き、おじけづくほど、スイートルームの居間部分は上品だった。ボーイにチップを渡したあと、こちらに向かって歩いてくるダンテを見て、ひどく奇妙な思いにとらわれる。あの自信家のダンテも、実は見た目ほどには落ち着いていないのではないかしら?

「ここでなら快適に過ごせるはずだ、ベス。最高級のスパにエステ、ブティック……ほかにもいろいろそろっているからね。結婚式の前の夜に、花嫁が花婿を見るのは不吉だという。それでなくとも僕たちの場合は、できるだけの幸運をかき集める必要があるのだから」そしてダンテはそっけなく言った。「僕はこれで帰るから、あとはゆっくりくつろいでくれ。施設をたっぷり楽しんで、欲しいものはなんでも買うといい。なにも不自由がないか、夜に確認の電話を入れるよ。明日は三時に迎えに来る。式は四時だ。さあ、まずはランチを注文するといい。じゃあ、また」

ドアから出ていくダンテを見送ると、ついに一人きりになれたというのに、なぜか見捨てられたような気がした。しかし、ベスはスイートルームを歩きまわり、バスルームと大画面テレビがある空間を見つけた。寝室部分は一箇所しかない。広いその場所には、アーチ型の窓と窓の間に見たこともないほど巨大なベッドが置かれている。ウォークインクローゼット、バスルーム、シャワーが二つ、洗面台も二つあって、ダンテくらい大柄な人と一緒でもじゅうぶん入れる、深く大きな浴槽もついていた。

ベスは軽い昼食を注文し、食べおえると、利用できるものを最大限に利用しようと考え、翌日の十一時にスパの予約を入れた。荷ほどきが片づくと、赤ん坊の写真を手にしてベッドに横になる。この奇跡のためにこそ、私はここにいて、悪魔と結婚しようとしている。

唯一の問題は、ダンテを今はもう悪魔だと思っていないことだ。黒衣の男の悪夢にうなされる代わりに、ベスはエロティックで、ときに愚かしいほどロマンティックな夢を見るようになっていた。そしてダンテとの関係がおとぎばなしのようなハッピーエンドを迎える夢を見るたび、不安でたまらなくなった。

翌日の午後、スパで全身に施術を受け、髪も化粧も完璧に整えたベスは、ついに用意していた服を身につけた。雪のように白いスーツとそれに似合うキャミソールは、ダンテがミラノで買ってくれたものだ。ホテルのブティックから贈られたハイヒールをはいて居間部分に入ると、ちょうどそこにダンテが現れた。「準備はできているな。よし。じゃあ、行って片づけてしまおう」

ベスがただうなずいたのは、ダンテの姿に息もできなかったからだ。ブランド物のシルバーグレーのスーツにグレーのネクタイを合わせ、白いシルクのシャツにプラチナのカフスリンクをつけた今日のダンテは格別に背が高く、ごく自然に上品に見える。黒い髪を後ろに撫《な》でつけたハンサムな顔には、厳しい表情が浮かんでいた。このうえなく洗練された雰囲気と、生まれ持った男性的な力の両方を発散させているこの人は、なんて危険で魅力的なのだろう。その男性がもうすぐ夫になることに、ベスはおびえた。しかし正直に認めるなら、実は同時に興奮でわくわくし、ダンテから目を離すのに苦労してもいた。

三十分後、隣に立つダンテを強く意識しながら、ベスは市庁舎の羽目板張りの部屋を見まわした。子供のころに夢見ていたのはおとぎばなしに出てくるような結婚式だけれど、今の状況はそれとは似ても似つかない。せめてもの花嫁らしいところといえば、白いスーツの銀色の縁飾りくらいだ。

式はイタリア語と英語の両方で行われたが、それでも記録的な速さで終わってしまった。

「花嫁にキスを」

その言葉を聞き、ベスははっともの思いから覚めた。顔を上げてダンテの顔をのぞきこむと、彼がベスの体に両腕をまわし、やさしく温かなキスをする。その間ベスは両手をダンテの胸にあて、てのひらで彼の鼓動を感じていた。ダンテの舌が唇の間からすべりこんでくると、知らず知らずのうちに体が熱くなり、力が抜けていった。

司式者が咳《せき》ばらいをし、なにか言った。ダンテは腕に力をこめ、それからしぶしぶベスを放した。

カメラのフラッシュが光り、ベスはまばたきした。

「笑ってくれ」そう言いながら、ダンテはベスと腕を組んだ。「子供のためだ。子供は誰でも、結婚式の日の幸せな両親の姿を見たがるからね。たとえ、その関係が長く続かなかったとしても」

「だから、このスーツを買うって言い張ったの？」

「横暴な弁護士だって、ときには名案を思いつくことがある」ダンテはおどけて言い、べスの腕をぐいっと引っぱって建物から連れ出した。

ホテルに戻り、二階のスイートルームに向かうときも、ベスはダンテに目を向けられずにいた。階段を一歩のぼるごとに今日の出来事の重大さが頭を占領し、パニックが増していく。私は結婚も妊娠もしていて、あと数分もすればダンテと二人きりになるのだ。そう思うと、緊張で胃がきりきりした。

しかしスイートルームに入ると、彼女は口をぽかんと開けた。優美な部屋はすっかり様変わりし、ロマンティックな雰囲気で統一されている。数えきれないほどある赤い薔薇《ばら》の一部は花瓶にいけられ、残りはベッドをきれいに装飾していた。部屋のいたるところにキャンドルが置かれ、銀の容器の中にシャンパンが冷えている隣には、二人用のテーブルが美しく設《しつら》えられ、その中央ではやはり一本の赤い薔薇が銀のフルートグラスに飾られていた。

「信じられない」

「根はロマンティストなんだと言ったら、君は信じてくれるかな？　でも思ったんだ、どんな花嫁も結婚初夜にはブライダルスイートで過ごすべきだと」ダンテはほほえんだ。

病院でのベスの姿を見たことで、ダンテの心の中には劇的な変化が起こっていた。これまではずっとベスをドラッグの売人、美しさを利用して男を罠《わな》にかけるふしだらな女と見なし、軽蔑にさえ値しないと考えていた。しかし、ベスの中に宿る二人の子供の画像を見た瞬間、生まれて初めて知った感情に圧倒され、それ以来彼女を今までとはまったく違う新しい目で見るようになっていた。

リムジンの中では仕事をするふりをしていたが、本当は頭の中は混乱していた。そして自分のアパートメントはエレベーターで十二階分のぼらなければならないから、ベスがまた閉所恐怖症を覚えるかもしれないとふと気づき、あわててホテルを予約した。その後はとにかく急いでスイートルームを出た。ベスを激しく求めていても、わが子の母であり、もうすぐ妻になる女性と結婚前夜にあわただしく体を重ねるわけにはいかない。ただし帰りがけにはフロントに寄り、ベスの欲しがるものはなんでも用意するように厳命し、翌日の部屋の模様替えも依頼しておいた。

あぜんとしたベスがダンテを見つめていると、手で髪を耳の後ろにかきやられ、もう一方の手で強く引き寄せられた。男らしい硬い体がおなかをかすめて骨盤のあたりから熱がわきあがり、じわじわと全身に広がっていく。体の反応を無視することはできず、ベスは顔を上げ、ダンテのくっきりした口元を見つめた。「いいえ、あなたがロマンティストだなんて言われても、信じないでしょうね」

「だと思ったよ。だが、せめて努力は認めてくれないか。そして、君が間違っていることを証明させてほしい」ダンテはやわらかな含み笑いをもらしてベスの首を横に傾けると、熱い舌で耳の下のなめらかな肌に触れ、細い喉をキスでたどっていった。

目のくらむような欲望が全身を包みこみ、ベスは荒い呼吸をくり返した。本能的にダンテに体を押しつけ、硬くなった彼の体を下腹部に感じる。自分に相手を高ぶらせる力があるのかと思うと信じられないほど興奮し、ベスはすべてを忘れて、今この瞬間とダンテだけに没頭した。

「信じてくれ、ベス。今日は二人にとって新しい始まりの日だ。だから、君のためにきちんとしたい」

もちろん、ベスはその言葉を信じた……。だから唇と唇を合わせ、全面降伏したことを伝えた。

ダンテはやさしいキスで巧みにベスをさぐり、舌を彼女の舌とからみ合わせ、じらし、味わった。そのキスのすばらしさに、ベスは我を忘れた。

この場ですぐに奪いたい衝動と必死に闘いながら、ダンテは両手でベスの顔を包みこみ、きらめくエメラルドのような目をのぞきこんだ。その瞳孔は大きく広がり、情熱という名の黒い真珠みたいだった。

「ここではだめだ、ベス」

それからベスを抱きあげ、寝室に運んでいって、ベッドの上にそっと下ろした。彼はベスの〝一度でじゅうぶん〟という言葉を信じたことがなかった。皮肉なことに、そのたった一度でベスは妊娠してしまったが。しかしまさかバージンとは思わなかったので、知っていればもっとうまく行動したのにと悔やまずにはいられなかった。今のベスは僕の妻で、子供の母でもあるのだから、あとになっても楽しく思い出せるよう、彼女にふさわしい新婚初夜にしよう……ダンテはそう決心していた。

ベスはキャンドルにちらりと目をやり、それから服を脱いでいるダンテを見つめた。大きな体はキャンドルの光を浴びて黄金のように輝いている。黒い胸毛は徐々に幅を狭めながら引きしまった腹部を通り抜け、太腿のつけ根へと続いていた。力強く高ぶった体を見ると原始的な興奮がわきあがり、全身に震えが走った。

ダンテがおおいかぶさり、服を脱がせていっても、ベスは恥ずかしいとは思わなかった。「君は最高にすばらしいよ、僕の奥さん」ダンテはかすれた声で言い、キスをした。額と鼻と唇には少しの間だけだったが、両胸となだらかな曲線を描く腹部にはしばらくとどまり、イタリア語でなにか言葉をつぶやいていた。

やがて顔を上げたダンテの黒い目には情熱があふれていて、ベスの胸はきつく締めつけられた。未来への疑いも不安もすべて消え去り、ダンテの首に手をまわして飢えたようにキスを求めた。

二人の唇がしっかり重なると、ベスは本能的に反応し、息を切らせてもっと欲しいと強く願った。両手がダンテの首を離れ、広い肩をしっかりつかんだとき、彼の両手はゆっくりとやさしくベスの体をたどり、胸から下腹部に、さらに下に移動して太腿のつけ根にたどり着いた。その指がなめらかに動くたびに欲望が高まっていき、熱くうるおった体がダンテを求めてうずく。

ダンテが両手をさっと上に戻し、前よりしっかりと胸のふくらみを包みこんで、薔薇色の頂を親指で撫でた。「前より少し大きくなった気がするな」

かすれた声でそう言うと、とがった胸の先端に口づけし、ベスは喉の奥からうめき声をもらした。硬く張りつめた蕾《つぼみ》を舌と歯で愛撫《あいぶ》されて、快感が痛いほどに高まっていき、体の中で興奮がはじけた。

ベスはダンテのたくましい肩に指を食いこませた。それでも耐えきれなくなると、黒髪をつかんで頭を引き戻した。低いうめき声とともに、ダンテがふたたびベスの唇をふさぐ。そうしながら力強い大きな両手でベスの肌をなぞり、あとから追いかけるように熱い口で味わって、喜びを感じる場所を見つけ出していった。

ベスは燃えるように熱い欲望に駆られ、細い両手でダンテのたくましい体に触れた。ベスの手を自分の体から引き離したダンテが、もう一度むさぼるように唇を奪う。そして両手でベスを持ちあげ、ついに彼女の望む場所をやさしくさぐりはじめた。けれどあまりにもやさしすぎたので、ベスはダンテの背中に両脚をからめ、体を弓なりにして叫んだ。

「ダンテ！　お願い！」

かすかなうなり声とともに、ダンテは一気に腰を進めた。ベスの硬い胸の先にキスをし、体を離して、もう一度進める。ベスはもはやなにもわからなかった。わかるのはダンテがいることだけ。彼はなめらかに動きながら、少しずつその速さと激しさを増していき、やがてベスは燃えるような熱と光の中でクライマックスを迎えた。次の瞬間、勝利の叫び声とともにダンテもあとに続き、彼女の中に精を注ぎこんだ。

「僕は君には重すぎるな」少しのちにダンテはかすれた声でささやき、ベスの腫れた唇にそっとキスをしてからあおむけに横になり、彼女の腰の下に手をまわした。

ベスはほっそりした腕をダンテの広い胸にのせた。二人が初めて体を重ねたときも信じられないと思ったけれど、今夜はさらにすばらしかった。完全に満たされてとてもけだるい一方、心も体も安らいでいる。こんなことは生まれて初めてだ。

「気分はどうだ、ベス？　痛くなかったよな？」

片肘をついて体を起こし、ベスはダンテを見つめた。黒髪はすっかり乱れ、たぐいまれな目には真剣な表情が浮かんでいる。ベスは彼の胸に手をすべらせ、指で胸毛をもてあそんだ。「ええ、痛くなかったわ。ただ正直に言うと……」からかうように言葉をとめると、驚いたことに、ダンテの体が緊張するのが感じられた。「あなたの言うとおりだったみたい。一度じゃ、じゅうぶんじゃなかったわ」

「まったく、じらすのが好きだな」ダンテがにやりとした。

数分後、二人はふたたび体を重ねていた。そのときのダンテはゆっくり時間をかけてべスの体をさぐり、彼を喜ばせるためのさまざまな方法を教えた。その方法はベスにもダンテにも驚きと興奮をもたらし、やがて二人は一緒にクライマックスを迎えた。

興奮と陶酔の余韻の中で、ベスはダンテの上に重なり、満足感にひたっていた。今まで想像したことさえなかった行為だったが、二回目はベスが上になったせいで、けだるくて動くことができなかった。だからぐったりとしたままダンテの胸に頭をあずけ、激しい鼓動が徐々に静まっていくのを聞いていた。

「ベス？」

ダンテに呼ばれ、ベスはちらりと彼を見た。

「起こしてすまない」ダンテは力強い両手でベスの腰をつかんで持ちあげた。「だがあのいまいましいキャンドルを消さないと、火事になるかもしれない。なにかが焦げるにおいがするんだ」

「ロマンティックなひとときはここまでってことね」ベスは吹き出した。

ダンテはするりとベッドを出てキャンドルを消してまわり、ベスはそのあとでバスルームに向かっていく彼の後ろ姿を見つめた。大きくて、しなやかで、息をのむほどすばらしい。脚は長いし、ヒップは引きしまっている。これまでは男性のそんなところに目など向けたりしなかったのに、今はダンテのすべてにすっかり魅了されていた。

「そんなに悪くなかったかな?」ダンテはベスの背中に手を添えて、イギリスのケンジントンにある母の家を出た。「母は君をとても気に入っている。いずれ妊娠したと話したら、きっと足元にひれ伏してあがめたてまつるぞ。父のほうはもっとわかりやすかったな」

ベスはくすくす笑った。「ええ、そうね」たった今、彼女は黒髪と褐色の目を持つ小柄で愛らしいダンテの母親テレサと、その夫ハリーとの顔合わせをすませたところだった。

実際のところ、二人は感じのいい魅力的な夫婦であり、なんの気兼ねもせずにすんだ。ハリーはダンテの弟がそのまま年をとったようだと口にしてしまったせいで、ベスは数カ月前までトニーの階下のアパートメントに住んでいたことを話さざるをえなくなった。そこでダンテがうまく口をはさみ、二人が出会ったのはトニー主催のバーベキューパーティだったとつけ加えた。

「じゃあ、あなたなのね。食べ物やいろいろなことで、トニーとマイクを助けてくれていた天使のようなお嬢さんは!」テレサは声をあげ、それ以降はすべてが順調に進んだ。

とても楽しい昼食の間、テレサが語るダンテの子供時代の話に、ベスは何度も驚いた。

一方、ダンテはひどく気まずそうにしていた。

テレサとハリーが別れの挨拶をするために外まで出てきたので、ベスは振り返り、抱擁をして近いうちにまた訪ねる約束をした。そしてようやく立ち去ろうとしたが、そこへタイヤのきしる音がしてトニーが現れた。「やあ、母さん、父さん」そう言うと、ベスの前で足をとめる。「信じられないよ、ベス！　本当にダンテと結婚したのか。その気になれば僕が手に入ったのに、いったいどうしたっていうんだい？」満面に笑みをたたえて、ベスをぎゅっと抱きしめ、頬にキスをする。ベスは声をあげて笑った。

「ああ、たしかに彼女は僕と結婚した。だから、おまえはその手を離せ」ダンテは勝利のほほえみに近いものを浮かべ、ベスの腰に腕をまわした。

「まったく、運がいい男だな。だけど、兄貴がベスをかっさらっても別に驚かないよ。あのバーベキューのとき、ベスから目を離せずにいるのに気づいてはいたし」トニーは言った。「でも、兄貴がベスにふさわしいかどうかは――」

「そのくらいにしておくんだな、トニー」

「わかった……おめでとう。二人はすごくお似合いだよ。ところで、新婚旅行はどこに行くんだ？」

「どこか暑いところだな……カリブ海とかインド洋とか。僕がひまになるのは十二月になってからだから、場所はベスが決めればいい」

「私が決めていいの？」新婚旅行に行くなど、一度も考えなかった。

「ああ。いいだろう？　僕はもうあちこち行っているし、君なら本当に行きたいところを選ぶ楽しみがあるからね」

「それはどうかな、ダンテ。ベスに任せておいたら、ハワイのサーファーが集まるビーチなんかに連れていかれるぞ。全然兄貴の柄じゃないのに！　まじめな話、ベスがマイクと僕にサーフィンを教えようとしたときのことを思い出すと、今でも体が震えるんだ」トニーは顔をしかめた。「ただし、どこに行こうと、ちゃんとベスの面倒を見たほうがいいぞ。さもないと、僕が黙っちゃいないからな」

「そのつもりだよ。ありがとう」

「ありがとう、トニー」ベスもにこにこしながら礼を言った。トニーは人をからかって楽しむお調子者だが、心から愛すべき青年だ。

「さて、本当にもう行かないと」ダンテが言い、最後にまた別れの挨拶を交わしてから、二人はベントレーに乗りこんだ。

街中の渋滞をうまく抜けることに集中しながらも、ダンテは眉間にしわを寄せていた。運転が厄介だったわけではない。ベスとともに時を過ごし、よく知るようになった今、トニーと彼女の関係が恋人などではないことはよくわかった。たいていの二十三歳の若者と同じように遊びが大好きで手に負えないトニーを、ベスはただ笑い飛ばし、無視していた。弟が兄の結婚をあっさり受け入れたことから判断しても、ベスに本気でなかったことは間違いない……。

ダンテはちらりとベスに視線をやった。すっかりくつろぎ、とても美しく見えるこの女性が僕の子を身ごもっているのだ。昨日の結婚式の日、二人は人生で最高のセックスを楽しんだ。ベスが欲しければ、ただ見つめればいい。それだけで彼女も同じ気持ちだとわかる。過去は過去だ、古い過ちにこだわっていてもしかたない、とダンテは自分に言い聞かせた。「君は本当にトニーが好きなんだな」

「ええ、そうよ。トニーはのんきで、楽しくて、お気楽だから」ベスがせつなそうな笑みを浮かべた。「あんなに単純でいられたら、どんなにいいでしょうね。トニーもマイクも見たとおりの人だし、二人といると笑っていられるの。私にもあんなふうに若々しいころがあったのかどうかは、もう思い出せないけれど」

ベスの口調には悲しげな響きがあり、なぜ彼女に過去を思い出させたと、ダンテは自分を責めた。「あの二人がお気楽なのは当然だ。君がいつでも助けてくれたんだから」

「前にも言ったでしょう、私たちはいい友達なの。まあ、たしかにときどきは、友達というより母親みたいだったわね」

ダンテはかぶりを振った。「君は人がよすぎる、ベス。あまり度を超すと身のためにならないぞ」

ダンテのことに関してはたしかにその言葉はあたっている、とベスは思った。

今朝目覚めたとき、二人はふたたび愛し合った。その余韻にうっとりひたりながら〝あなたは最高の恋人ね〟とベスが言うと、ダンテは〝僕はいつも君を喜ばせていたいんだ、いとしい人《カーラ》〞と答えた。だったら彼は今までに何人の女性を喜ばせてきたのかしら、とベスは思い、ふいに現実に立ち返った。

ダンテは愛など交わしてはいない。彼の語彙の中に〝愛〞という言葉はなかった。とても世慣れたこの人は、きっと数えきれないほど多くの女性とベッドをともにしてきたに違いない。私が今ダンテのベッドの中にいる理由はただ一つ、彼の子供を身ごもっているからだ。二人の結婚は子供のためで、便宜上のものにすぎない。それ以上を期待してはならないのだ。

でもほほえみを浮かべたダンテに触れられると、あまりにも魅力的すぎてどうしても期待してしまう。たとえば、ホテルのスイートルームで一緒に朝食をとったとき、ダンテは自分の皿のものをベスに食べさせ、その合間にキスをした。見つめられるだけで、私は彼を求めてしまう。これはいつまでも続くことではないのよと、つねに自分に言い聞かせていなければ……。

ベスは横目でダンテを見た。曲がりくねった狭い田舎道を運転するのに集中していても、彫りの深い完璧な横顔の魅力はかけらも損なわれることがなく、胸が高鳴った。

その熱い視線を感じ取ったかのように、ダンテが訳知り顔の笑みを浮かべた。

「もうすぐだよ」

そう言われて、ベスはぎょっとした。

「たったひと晩しかいられないのが残念だ。来週末に戻ったときには、もっと先の生活における取り決めについて話し合おう」

その夜、デヴォンのコテージに着いたベスは自分の主寝室を使わず、客用寝室でダンテと一緒に休んだ。そして、そんなことをしたのはなにか予感があったからだったのだろうか、とのちに思い悩むことになった。

10

九月最後の日、イギリスはぽかぽか陽気に恵まれていた。うららかな気候の中で、ベスは顔に笑みをたたえて海から上がった。

ダンテと交わした婚前契約書は恐れていたようなものではなかった。二度夜を一緒に過ごしてわかったが、ダンテは信じられないほどすばらしい夫であり、何事においても気前がよかった。ほほえんだままビーチを歩きながら、ベスはふと気づいた。ここ何年かの間で、私は今がいちばん幸せだ。

「今日みたいな日は、生きていてよかったって気になるわよね」ベスは立ちどまって、娘のアニーに砂の城のつくり方を教えているジャネットに笑いかけた。「泳げてよかった。すごく楽しかったわ」ビーチバッグからタオルを取ると、携帯電話が光っている。ダンテからメールがきたのだ。「ミーティングが長引きそうなんですって。でも、明日の夜にはここに来るそうよ」電話をバッグに戻す。「返事はあとにする。いい波が来そうだから――」

「だめよ。泳ぐのはいいけど、その体でサーフィンなんてとんでもない。それに水平線に黒い雲が見えるもの、どっちにしてもサーフィンは無理だわ」次の瞬間ジャネットは立ちあがり、ベスの向こうを見て叫んだ。「なによ、あれ？　ああ、なんてことなの！」

振り返ったベスも恐怖で凍りついた。ビーチの端にピンク色の浮き輪をつけた子供がいたのだが、その子が波にさらわれたのだ。

一人の男性が海に突進していったものの、すぐに立ちどまり、半狂乱になって自分は泳げないと叫んだ。ベスはためらうことなく波間に飛びこんだ。

その後の出来事はまるで悪夢のようだった。なんとか子供はつかまえたが、岸に戻ろうとしたときに潮流に巻きこまれ、さらに沖へ流されてしまった。

次から次へと襲ってくる大きな波にはどんなにがんばっても逆らえず、岩だらけの岬の方に引き寄せられていく。おしまいだ、とベスは覚悟した。もう二度とダンテには会えない……。

ふいにまた息ができるようになった次の瞬間、二人は岩にたたきつけられたが、ベスは体をねじり、首にしがみついていた子供をかばった。背中に刺すような痛みを感じたけれども、心に感じた痛みはそれ以上だった。私はダンテを愛している、とベスは悟った。どんなに理屈に反していても、心の底から愛している。

最後に残った力で子供をしっかりかかえ、彼女は岩の上に這《は》いあがった。後ろを振り返ると、潮の流れが速すぎて、子供を連れて泳いで戻るのは無理だとわかった。

脚が完全に力を失わないうちに、ベスは平たい岩に座りこみ、すすり泣く子供を胸に抱きしめた。酸素不足の肺に必死に空気を送りながら、トリクシーと名乗った幼い少女になぐさめの言葉をかける。どのくらいそうしていたのかはわからない。気がつくと沿岸警備隊の救助船が見え、誰かがベスの名前を呼んでいた。立ちあがったベスは、ほっとするあまり気を失いそうになりながらも、救助船に乗っている男性の腕にトリクシーを渡した。

あとの記憶はあいまいだった。船に引きあげられ、毛布をかけられ、ふたたびトリクシーを腕に抱いた記憶はある。港には救急車が待機し、ジャネットが服とバッグを持ってきてくれたのも覚えている。

その後、ベスは毛布にくるまれたまま座り、病院で医師の診察を待った。携帯電話を取り出し、先ほど届いたメールを読み返す。そしてダンテに〝私は元気よ。明日の夜に会いましょう〟と返信した。最後に〝愛をこめて〟と書こうかと思ったが、勇気が出なかった。しかし、ダンテを愛していることははっきり自覚していた。溺れかけずに気づくことができれば、もっとよかったけれど。

ひょっとして私はずっとダンテを愛していたんじゃないの？　もしかしたらひと目ぼれは本当にあるのかもしれない。十九歳のときはまだ子供すぎて気づかなかったが、初めて会った瞬間から恋に落ちていたのでは？　そして今はダンテと結婚して彼の子を宿し、愛されてはいないけれど肉体的に求められている。二人の間に子供がいれば、ダンテもいつか私を愛してくれるかしら？　三年というのは最小限の期間であって、最大限ではない……。

目をうるませた若い夫婦がやってきて、トリクシーを救ってくれてありがとうと何度も礼を言った。

去っていく二人を、ベスはほほえみながら見送った。そのあとだいぶ時間がたったとき、彼女は疲れはてて眠りに落ちた。

「ミセス・カンナヴァーロ……」はっとして目を開けると、ベッドのそばに看護師が立っているのが見えた。この白い部屋はどこだろうと思ったが、すぐに昨日の記憶がよみがえり、ベスはふたたび目を閉じた。

「ミセス・カンナヴァーロ」

看護師にまた呼ばれ、しぶしぶ目を開ける。

「ご主人がまもなくいらっしゃるそうです。それと紅茶と食事が届きます。まずは血圧と脈拍をチェックさせてくださいね。それがすんだら着替えをしてかまいません」看護師はにっこりした。

「ドクター・ジェイムズが来て、診察がすんだら退院できます。心配しないで。あなたはとても健康で勇敢なんですから……すぐによくなりますよ」

どこまでも明るく陽気だが、重要な問題には触れようとしない看護師に、ベスはわめきたくなった。しかしそうはせず、冷静に答えた。「どうもありがとう。トリクシーはどんなようすですか?」

「ああ、あなたのおかげであの子なら元気ですよ。ゆうべ、ご両親と一緒に家に帰りました」

「よかった」ベスは言い、昨日の悲劇を思い返した。心の中で自分を責めてはいたが、ほかにどうしようもなかった。トリクシーは無事助かった。大事なのはそれだけだ。

でも、今はもうよくわからない。

昨日の夜九時に、ベスは医師から告げられた。帰ろうとしたときにふいに襲われた痛みは流産の始まりによるものだ、と。子供を助けるために極度に体力を消耗したのがいけなかったようだ。怪我《けが》も悪影響を及ぼし、十一時になってすべてが終わったころにはベスはすっかり取り乱し、涙が枯れるまで泣きつづけた。ヘレンを失ったとき以来、初めてだった。

今はなにも感じない。心は完全に麻痺《まひ》していた。

おしゃべりな看護師が去っていくと、昨日ジャネットから渡された服に着替え、ベッドの端に腰かけて紅茶を飲んだ。ものを食べる気にはならなかった。

やがてドクター・ジェイムズが現れ、診察を終えたあと、思いやりに満ちた目をして〝お気の毒でした〟とベスをなぐさめ、月曜に確認のための検査の予約を入れてくれた。〝あなたは健康な若い女性だし、また妊娠できるはずだから心配はいらない。今回の流産は特殊な状況下で起こったことで、また同じ事態が生じることはまずありえない〟とも言った。

ベスはほほえみ、あらためて礼を述べた。しかし医師が出ていってドアが閉まると、麻痺していた傷ついた心と体がふいに息を吹き返し、がっくりと肩を落とした。トリクシーを救ったことはみじんも後悔していない。だが、そのために魂が壊れるほどの代償を払うはめになった。ここにいたるまでの年月を振り返ると、私の人生はいつもそんな感じらしい。

携帯電話が鳴る音がしたので反射的にバッグに手を入れると、ジャネットからだった。コテージを訪ねたら建築業者はいたがベスがいないので、どうしたのかと思ったらしい。ベスは言葉少なに事情を語り、友人のやさしい言葉に耳を傾けた。〝自分にできることはないか〟ときかれたので、〝とくにないが、建築業者に今日は休みにすると伝えてほしい〟と答えて電話を切った。

誰にも会いたくないし、話したくなかった。ただ目を閉じ、すべてを忘れてしまいたかった。しかしそうはいかず、ドアが開く音がしてダンテが現れた。ハンサムな顔は疲れて見え、顎は無精ひげでうっすら黒くなっている。口元はきつく結ばれ、目の中ではなにか強い感情が燃えていた。

闇に閉ざされた魂に一条の光が差した気がして、ベスは立ちあがった。心から愛するこの人なら私の苦しみを理解し、取り除いてくれる。腕の中に抱き寄せ、なぐさめてくれる。

ところが、ダンテはただじっとベスを見つめるばかりだった。

「ベス、具合はどうだ?」

同じことをこれまで何度きかれただろう? 心の奥ではずっとわかっていた。ダンテが気にかけているのは赤ん坊であって、私ではない。今、その目の中で燃えているのは怒りだ。もちろん、そうに決まっている。どうしてそれ以外のものを期待したりしたの? ダンテが結婚したのは子供のためにすぎないのに、私は自分をごまかしてほかにも理由があるかもしれないと思いこみ、幸せにひたっていた。でもこれからは違う。赤ん坊がいなくなった以上、ダンテがここにいる理由ももはやなくなった。

心がふたたび麻痺し、ベスは動けなくなった。

「大丈夫よ。もう帰れるの?」

真夜中に知らせを受けて以来、ずっとくすぶっていたダンテの不安と怒りがいくらかやわらいだ。美しいベスは青ざめ、ひどく痛々しく見える。大変なときに、僕はどうして一緒にいてやれなかったのか? 彼女をこの腕に抱き寄せたい……。

「家に帰ってビンキーに餌をやらなくちゃ」

「あの猫のことは忘れろ！」ダンテは声を荒らげた。「医者と話をしたよ。君は子供を失ったばかりで、怪我もしているんだ。なんだって海に飛びこんだりした？　死んでもおかしくなかったんだぞ！」

「今、その話をする気はないの。あなたが家に連れていってくれないなら、タクシーに乗るわ」

ダンテは手で髪をすいた。ベスに怒る権利など、僕にはない。ベスは妻で、わが子を失ったばかりなのだ。彼女と子供の面倒はきちんと見ると約束したのに、僕はものの見事に失敗した。さらに悪いことには、今胸の内に荒れ狂っている感情を制御することも説明することもできずにいる……。

ダンテはベスの腕をつかみ、腕の中に引き寄せた。「すまない。怒らせるつもりはなかったんだ」

「怒ってなんかいないわ。私、ここに座ってずっと考えていたの。二人が初めて出会ってからあったことを全部思い返してみたのよ。あなたの言うとおりね。私、やっぱり無罪なんかじゃなかった。私のせいで、あなたの子供は死んでしまったんだもの」

「違う……。僕はそんなふうに考えてはいない」

「そうかもしれない。でも真実なの。〝正直者がばかを見る〟っていう諺《ことわざ》は本当ね。私の人生はいつもそんなふうだったって、今日気づいた。友達だと思っていた男の子を車で送ってあげたら、刑務所に入るはめになった。幼い女の子を助けたら、自分の子供を失った。やっと学んだわ。私は誰ともかかわらずにいるのがいちばんいいのよ。それで、もう出られるの？　家に帰りたいの」

ダンテはベスのうつろな顔をじっと見つめた。医者の話では、怪我は深刻なものではないらしい。すり傷とあざがあり、背中の切り傷は八針縫ったとのことだ。流産のほうは……月曜日に多少の処置をして、一週間もすれば回復すると言われた。ただしばらくの間、軽いうつ症状が出るかもしれないので、忍耐強く接するようにとの注意を受けた。

「ああ、もちろんだよ」ダンテはやさしく答えた。

コテージに戻ると、すぐさまビンキーが現れた。ベスはビンキーを抱きあげ、撫《な》でたり話しかけたりしながらキッチンに向かった。そこでビンキーを下ろし、餌を用意してやり、コーヒーをいれる。

ということはつまり、赤ん坊は本当にいなくなったのだ。「僕を無視してもいいことはないぞ、ベス。僕たちは話し合う必要がある」

「今はだめよ。コーヒーを飲んで、シャワーを浴びて、着替えるんだから」

「僕もつき合うよ」

「コーヒーが飲みたいのね」二つのマグカップにコーヒーをつぎ、片方をダンテに渡す。

ベスの感情は完全に凍りつき、ダンテの指がかすめてもなんとも思わなかった。

テラスに出たベスは、キャプテンチェアの一つに腰を下ろし、コーヒーをひと口飲んだ。朝の陽光が穏やかな緑色の海面で揺らめき、波が砂浜に打ち寄せている。ふと気がつけば、子供を助けた岬に目が向いていた。現在、ベスをあざけるように潮は引き、岩も海面から五メートルほど突き出している。

足音が聞こえても、ベスは振り返らなかった。

ダンテはベスの隣に腰を下ろし、優美な横顔をじっと見つめた。「さっきは本当に傷つけるつもりはなかったんだ、ベス。それでなくても君は傷ついているんだから。とてもつらいのはよくわかる。僕のほうは……病院から連絡を受けて、君の身になにがあったかを知ったときは最悪の気分だった。あんなひどい気分になったのは生まれて初めてだよ。僕は本当にあの子を望んでいた。その気持ちは疑わないでくれ」

ベスは緑色の目をダンテに向けた。そのことは一秒たりとも疑っていない。ダンテが子供を欲しがっていたのはよくわかっていた。ただし、ベスのことは違った。

「あの子は生まれる運命じゃなかったのよ。間違った理由からできた子だもの。私が愚かだったから、あなたはトニーの人生から追い払おうとした。それだけでも悪いのに、私たちはまだ生まれもしないうちから崩壊した家庭にあの子を迎えようとしたのよ。いったいなにを考えていたのかしら……。きっと頭がどうかしていたのね。でも、今は違う。もううんざりだわ。私はここが大好きなの。競争社会から抜け出すために引っ越したんだし、今後はずっとここにいるわ」

「言いたいことを言ってさっぱりしたようだが、なにか忘れてやしないか？　君は僕の妻だぞ。君の将来に関しては、僕にも発言権がある」

「それももう長いことじゃないでしょうね。私たちが結婚した理由はなくなったのよ。あなたにはなにも求めないから、すぐに離婚できるわ。弁護士なんだもの、手配は任せていいわよね」ベスは立ちあがった。「お風呂に入ってくるわ」

　ダンテはベスを追わず、入り江を見つめてどうするべきかを考えた。一つだけ確かなのは、ベスを手放す覚悟はできていないということだ……。

　ベスをよく知るようになるにつれ、最初の評価は間違っていたのではないかという思いがどんどんつのっていた。これまで多くの女性と出会ったが、波にさらわれた子供を追って海に飛びこむような女性は一人も思いつかない。みんな髪を濡《ぬ》らすのをいやがるに決まっている。ましてや命などかけるわけもない。なのに、ベスは違った。

会ったときに怒りを爆発させたのは、子供を失ったからではない。ベスの命が心配だったからだ……。

　ダンテは立ちあがり、家の中に入った。

背中は傷の手当をしたばかりなので、ベスは少しだけ湯を張って入浴をすませた。浴槽を出るとタオルを取って注意しながら体をふき、引き出しの中から古いトレーニングウェアを出す。これならゆったりしているので、背中の傷を刺激することはないだろう。裸足《はだし》のまま寝室に入り、バルコニーに通じるガラス製のドアを開けて外に出ると、ラウンジチェアに横になって目を閉じた。

「ベス？」

しぶしぶ目を開けると、ダンテが主寝室から出てくるのが見えた。手にはトレイを持っている。

「なにをしているの？　そこは私の部屋よ」

「君をさがしていたんだよ。この前の日曜に僕たちが使った部屋が主寝室かと思っていたが、どうやら違ったみたいだな。こっちのほうがずっと広い」

「食べ物を持ってきたなら、持って帰ってちょうだい。おなかはすいていないし、一人になりたいの」

ダンテはベスの膝にトレイを置いた。「なにをしたいかと、なにが必要かはまったく別の話だ」別のラウンジチェアを引っぱってきて、腰を下ろす。「さあ、食べなさい。君が食べるまで、僕はここから動かないぞ」

ベスは皿の上のオープンサンドを見つめた。ハム、チーズ、玉子、トマト、サラミ、エビ、レタスが二枚のっている。「これをつくるために冷蔵庫をあさったのね」
「そうだ。君の食欲のために。子供を失ったことでもうずっと、君は心も体もぎりぎりの状態だったんだ。力をつけなきゃいけないよ」

オープンサンドを取ったベスは、そういえば昨日の昼以来、なにも食べていないのに気づいた。「別にここにいなくてもいいわ。ちゃんと食べるから」

「いや、いる。君が食べるのを見届けるだけじゃない。完全に回復したとわかるまでは、必要なだけずっとここにいる」

まるで暴君みたいな話し方ね、とベスは思ったが、気にはならなかった。今はダンテと一緒にいても、なんの影響も受けない。それに知っている事実から判断する限り、ダンテはここの生活には向いていない。どうせものの二、三日で死ぬほど退屈し、いつものめまぐるしい生活に戻っていくだろう。その後は二度と会うこともないはずだ。

「好きにすればいいわ。あなたはそういう人なんだし。私とは部屋が別だということさえわかっていてくれれば、別にかまわない」

月曜の朝、ダンテは病院に一緒に行くと言い張った。そのころになると、彼が本当に出ていくかどうか、ベスは確信が持てなくなっていた。ダンテは手のかからない客だった。あまりうまくはないが料理はするし、自分の部屋のベッドも整える。服は自分のアパートメントのコンシェルジュに届けてもらい、洗濯物も持っていってもらっていた。けれど体に腕をまわされたり、額にキスをされたりしても、彼女はなにも感じなかった。

火曜の夕食のとき、ベスは不快な事実を知らされた。けっして忍耐強いほうではないダンテは、四日もベスにつれなくされていらだっていた。食べろと言えば食べ、散歩はどうかと勧めれば散歩に行くが、触れても彼女は氷の塊のように無反応だった。今夜、うまくつくれる数少ないメニューの一つであるスパゲティをダンテがつくる間も、ベスは従順な子供のように座っていて、かつての勝ち気な彼女が恋しかった。「今日母から電話があって、君によろしく伝えてくれと言われたよ。近いうちに会いたいそうだ。ほら、母は結婚式に出られなかっただろう？　だから身内や友人を集めて、パーティを開きたがっているんだよ。君のためにもなると思って、僕も賛成した。来週ニューヨークに行ってたぶん三、四週間は向こうにいるから、十一月のなかばがいいんじゃないかと言っておいたよ」

ベスは耳を疑った。「パーティ？　とんでもないわ！　私たちは離婚するのよ。忘れたの？」

「君が離婚の話をしたのは覚えている。だが、あのときは具合が悪かったからね。なにも言わずにおいただけだったんだ」

ベスはふいにいやな感じを覚えた。ダンテの目には暗い光が宿り、口元はわずかにゆがんでいる。

「でも、なにも言わないってことは同意したって意味じゃないの？　私はそう思っていたわ」

「あのときは病院から戻ったばかりだった。君を動揺させたくなかったし、口論する気もなかった。婚前契約書は読んだよな？」

「ええ、もちろん」

「だったら、わかるはずだが、君はまだするべきことを果たしていない」

「それってどういう意味？」もはやいやな感じはふくれあがって、手に負えなくなっていた。ダンテの答えを聞き、ベスは肝をつぶした。

「契約書にはこう明記されている。最初の子供が誕生してから三年後、君が離婚を望むなら同意する、と。だが、悲しいことに二人にはまだ子供がいない。つまり、僕は君になにも与えなくていいんだ。僕が離婚を望めば話は別だが、今は望んでいない」

「つまり、私にまた妊娠しろというの？」

「まさか、違う。僕はそんな鬼のような人間じゃない。まあ、将来的には考えるかもしれないが」

ベスは立ちあがった。「あなたと私に一緒の将来なんかないわよ。もう寝るわ」

ベスの目の中に怒りの火花が散るのを見て、ダンテは言った。「部屋まで送るよ」

前にその言葉を聞いたのはどこでだっただろう？

それを思い出したとき、ベスはわずかに胸がざわめくのを感じた。そのうえ、ダンテのたくましい腕が腰にまわされたのもよくなかった。ずっと続いていた麻痺の感覚はまたたく間に消えうせていたが、ベスはもうダンテを意識したくなかった。「背中が痛いわ」そう言ってダンテの腕から逃れ、部屋の外に出る。

ベスを追おうとして、ダンテはふとためらった。ベスは流産のショックでずっと苦しんでいる。続きは明日でもいいだろう。待つことはできる。なぜならベスを抱き寄せたとき、心の氷が砕けるのを感じたからだ。あともう少しだけ我慢しさえすれば、彼女は手に入るだろう。

ベッドに入っても、ベスは眠ることができなかった。上階からダンテの足音と、ドアが開いて閉まった音が聞こえて安堵《あんど》のため息をもらしたが、そこにはかすかな悲しみもまじっていた。もし子供を失っていなかったら、どうなっていたかしら……。

木曜の夜がきて、ベッドにもぐりこむころには、もはやダンテになにも感じないふりをすることはできなくなっていた。水曜日はダンテを避けようと書斎にこもっていたら、裏庭で建築作業を手伝う上半身裸の彼の姿が目にとまった。すると目をそらせなくなり、季節はずれの暖かさを急に暑く感じた。今朝は今朝で、腰に腕をまわされて思わず体が震えた。背中の傷のせいにして、逃げはしたけれど。

「まだ痛いのか、ベス？　縫合に使った糸は一週間もすればとけると思っていたのに」ダンテはのんびりした口調でからかうように言った。私が痛いふりをしているのを、彼はちゃんと知っている。自分がどれだけ私を魅了しているかも……。

そして今夜は、ついに最後の一撃を食らった。パブに食事に行こう、とダンテは言い出した。パブのダンテはグレーのセーターにブルージーンズという服装で、ほかの客たちと気さくにしゃべったり笑ったりし、息をのむほど魅力的だった。さっさと帰るものと思っていたのに、ダンテはずっと辛抱強く私に接してくれる。困ったことになった、とベスは思った。彼を愛している気持ちが怖かった。

私は彼を嫌いどころか憎んでいるといくら自分に言い聞かせても、心は言うことをきかなかった。離婚は望んでいないし、また子供が欲しい、とダンテは言った。もしベスが本当に彼が考えているような魔性の女なら、なんの苦もなく結婚生活を続けただろう。ダンテはハンサムで、金持ちで、ベッドでも最高なのだから。けれども、彼女はそういう女ではなかった。

ダンテを愛しているからこそ、結婚生活を続ければ身を滅ぼすはめになる。私を前科者だと確信しているダンテの態度は、今後も変わることがないだろう。そうだとすればいくら私を求め、好意を抱いていても、二人の関係が対等になることはけっしてありえない。ダンテの頭の中では私はつねに罪人で劣った存在であり、本当に信用されることはない。

そんなふうには生きていけなかった。信頼がなければなにもないのと同じことだ。自力で成功しようと長きにわたり努力してきたベスは、ダンテの人生の付属品にはなれなかった。

ある決心をして、ベスはようやく眠りについた。

11

ベスは目を開け、眠そうに目覚まし時計を見た。朝の九時だ。まばたきをして、もう一度しっかり確かめる。七時に時計が鳴ったのに、気づかずに寝過ごしてしまったらしい。大きく伸びをして、ベッドカバーを押しのけた。ドアが開き、ダンテが入ってきたときには、とっさにまたベッドカバーの下にもぐりこもうかと思ったが、あまりに子供じみている。だからそのまま起きあがり、ナイトドレスを直した。

「おはよう、ベス。よく眠れたか？」

「ええ、ありがとう。あなたは？」

一瞬、二人の目が合った。「君と一緒のときほどじゃないが」

ダンテはセーターにブラックジーンズという服装でほほえみかけていて、ベスはふいに強烈な欲望にとらわれた。表面上は眉一つ動かさなかったものの、内心震えていた。「私、そろそろ起きようと思っていたの」

「そのようだな」ダンテはベッドの横に腰を下ろし、ベスの手首をつかんだ。「だが、その前に話を聞いてくれ。ゆうべ帰ってきたとき、ニューヨークのオフィスの責任者から電話があったんだ。なんだかパニックに陥っているようすでね。それで明日、向こうで緊急ミーティングに出席することになった。ちょっとあわただしいんだが、今日の午後五時にヒースローを発《た》つ飛行機を予約したよ。だから、僕たちはすぐに出かけなきゃならない」

「僕たち？　なぜ？　私は関係ないでしょう？」

ダンテはさっとベスの手首を持ちあげ、腕をまわして彼女を引き寄せた。そして唇を奪い、舌を差し入れる。キスによってベスはめくるめく情熱の高みへと連れ去られ、昨夜した論理的な決心のことなどきれいさっぱり忘れてしまった。

「これが理由だ」ダンテはかすれた声で言い、ベスの目をのぞきこんだ。「一緒に来てほしい」唇に残る彼の味と胃をざわつかせる欲望に、ベスはもう少しで納得するところだった。しかし、そこでダンテがつけ加えた。「建築業者には今朝僕が話をしたから、君がここにいる必要はない。家の中に入らなければならないときは、ジャネットかその父親から鍵をもらえばいい。僕たちが向こうにいる三週間、猫の世話はジャネットがしてくれるそうだ。だから君は荷造りをするだけでいい」

ベスはあぜんとし、一瞬のうちに情熱の高みから現実に戻った。ダンテは本当になにもかもよく考えている……。でも、最初に私に相談することには気づきもしていないらしい。やっぱり思ったとおりだった。私はダンテの人生の付属品にすぎないのだ。

ベスはそっと身を引いた。「一つだけききたいんだけど、私を連れていきたいのはセックスのため？　それとも、熱烈に恋しているから？」

ダンテの頬がわずかに染まり、黒い目が揺らいだ。「君を連れていきたいのは妻だからだ」

うまく逃げたわね、さすがは腕ききの弁護士だわ、と思いながらも、情熱がすばやく消え去ったことにベスは驚いていた。ベッドの反対側に足を下ろし、立ちあがってダンテの方を振り返る。目の前にいるのは今まで見た中でもっともハンサムで、心の底から愛している男性だった。しかし、一方通行の愛は不幸のもとだし、不幸ならすでにいやというほど味わった。「私はここにいたいし、あなたとは離婚したいの。だったら、いつかは見解の違いを認め合わなきゃ」心とは裏腹に、ベスは平然と言った。

怒りと欲求不満でどうにかなりそうな中、ダンテは立ちあがった。先ほど愛していると言っていれば、きっと今ごろ二人はベッドの中にいたはずだ。しかし、どんな女性にも操られるのはいやだった。この一週間、本来なら仕事をするべき時間に、僕はまめまめしくベスに尽くしていた。こんなことは今まで誰にもしたことがない。それどころか、自分がなにを待っているのかもわからぬまま、時間を無駄にしていたのだ。ダンテは憤然としてあたりを見まわした。そんなに好きなら、ベスはここにいればいい。僕の人生に彼女は必要ない。別れたいなら、別れてやろうじゃないか。

「いや、離婚ならしてやってもいい。それと、一つアドバイスをしよう。君の刑務所仲間がこの部屋で、君の腕に抱かれて死んだことは知っている。だが、いつまでも不健全な過去にしがみつくのはたいがいにして、そろそろここの内装を一新させたほうがいいんじゃないのか。そうしない限り、君はけっして前に進めないぞ」その捨てぜりふとともに、ダンテは足音も荒く部屋を出ていった。

ベスは去っていくダンテを見送った。彼の最後の言葉には深く傷ついていたけれど、指摘された事実は初めから知っていたことでもあった。ここまで言われて、どうして彼を愛せる？　いなくなってくれてよかった。これこそ私の望みだったのだ。なのに、なぜ泣きたい気分になるの？

整理だんすを手でなぞると、二人が初めて愛を交わしたときを思い出した。ベスにとって、セックスはいつも〝愛を交わす〟行為だった。ダンテの言うとおりだ。いいかげん過去にしがみつくのはやめ、前に進まなければ。彼と一緒に、ではなくても……。

十二月、ダンテはロンドンに戻り、毎年恒例の弁護士会の夕食会で大学時代の知人、マーティン・トーマスの隣に座っていた。来たことを後悔しつつあったが、最近はいつもそうだ。とくに、ベスを見捨てたことは悩む一方だった。どうして彼女に愛していると告げなかったのか？　ベスと離れてからの二カ月で学んだことがあるとすれば、それは彼女なしでは生きられないという真実だった。この気持ちが愛でないとしたら、いったいなんなのかわからない。

「老ビューイックを知っているよな、ダンテ?」マーティンはきいたが、答えを待つことなく先を続けた。「気の毒だよなあ。息子のティモシーを溺愛していたから、ドラッグの密輸で逮捕されたと聞いて、きっとショックを受けたはずだぞ」

「なんだって？　息子が？　本当か?」

「間違いないよ。〝童顔のビューイック〟といえば、国でも指折りのドラッグの売人だ。麻薬捜査班が何年も前から監視下に置いていたらしい。それがようやく、やっと仲間のハドソンを逮捕して、二百万ユーロ相当のドラッグを押収したんだよ。二人は保釈を認められず、今は拘置所内で裁判を待っている。僕が訴追を担当するんだが、まあ、まず負けるってことはないって感じだな。おまけに、ハドソンがべらべら自供しているしね。ティモシーはパブリックスクール時代からドラッグを扱っていたようだ。それにハドソンが協力して、大学でも続けていた。一度は捕まりかけたことがあるんだが、ジェーンなんとかいう十代の娘を犯人に仕立ててあげて、処罰をまぬがれたらしい。たぶん、ハドソンは今そのことを後悔しているよ。これから行くところよりは、少年拘置所のほうがはるかにましだからな」

もはや聞きたくなかった。ダンテは唐突に立ちあがり、外に出た。

翌朝、ロンドン警視庁の友人に電話して、罠《わな》にはめられて懲役三年の実刑判決を受けた女性がジェーン・メイスンであることを確かめた。おそらく彼女には、かなり高額の補償金が支払われるだろう……。

クリスマスの十二日前、ジャネットとアニーと一緒に買い物をしたあと、ベスは帰っていく二人を見送り、買ってきたものを開けた。プレゼント、飾りつけのための品、食品、完成した離れのための備品。なんだかとてもいい気分だった。

その後は長々と時間をかけて、百個のＬＥＤをつないだ新しいイルミネーションをツリーにかけたが、球状の飾りをつるすのは明日にすることにした。シャワーを浴び、大きめのＴシャツと白いフリースのローブを着てソファの上でまるくなると、ビンキーも脚のそばでまるまり、喉を鳴らした。暖炉では大きな薪《まき》が燃えている。ベスが手を伸ばしてビンキーの背中を撫《な》でようとしたとき、ドアベルが鳴った。

ちらりと炉棚の時計を見た。午後八時三十分だ。

たぶん教会の聖歌隊だろうと思いながら玄関ホールを進み、ドアを開ける。冷気がさっと流れこんできたのでローブの前をしっかりかき合わせ、歓迎の笑みを浮かべたけれど……次の瞬間にはあんぐり口を開けた。来たのは聖歌隊ではない。ダンテだ……。

ベスが戸口に立っている。白く長いローブにすっぽり身を包んだ彼女はほほえんでいて、清く澄んだエメラルド色の目は明るくきらめき、背後の玄関ホールの明かりが赤い髪のまわりに光を投げかけていた。まるで天使のようだ。ダンテは罪悪感と絶望に打ちのめされそうになった。

「ここでなにをしているの？」ようやく息ができるようになったところで、ベスはきいた。

「君に会わなきゃならなかった。大事な用事なんだ、ベス。中に入れてくれ、長くはかからないから」

入れたくはなかったが、外は凍《い》てつくように寒い。「わかったわ」

玄関ホールの明るい光の中で見ると、ダンテはひどくやつれていて、ベスはショックを受けた。顔の輪郭が前より鋭くなり、くぼんだ目の奥には苦悩の影が見える。それでもやっぱり、今まで見た中でいちばん美しい男性だ、とベスは思った。彼のことは乗り越えつつあると思っていたのに……。

「入って座って」ベスは暖炉の火が赤々と燃える部屋に入った。「コートを預かるわ」ダンテが重々しい黒のコートを脱ぎ、ベスに手渡した。「なにか温かいものを飲む？」ダンテのクリーム色のセーターはだらりと伸びていて、ジーンズもそれほど脚にぴったりしていない。いったいなにがあったのだろう？　彼はなんだか病気のように見える。

ダンテが背筋を伸ばした。「いや、けっこうだ」ビンキーがソファから飛びおり、ダンテの脚に体をこすりつける。「やあ、ビンキー」ダンテは険しい口元にちらりと笑みを浮かべて挨拶した。

この裏切り者、とベスは思った。しかし実はダンテがここに滞在していた一週間のうちに、彼とビンキーは仲よくなっていた。

ベスは黒いコートをたたみ、肘掛け椅子の背にかけた。ダンテを見たショックからようやく立ち直った今、なつかしいアフターシェーブローションの香りに心を動かされ、必死に忘れようとしていた二人の親密な時間を思い出していた。胸が張りつめ、全身に震えが走る。

緊張しながらダンテのそばを通り過ぎ、彼女はふたたびソファの上でまるくなった。

「なんの用なの？」ここから出ていって以来、ダンテからの連絡はいっさいなく、いずれ離婚届が届くものと思っていた。「離婚届を自分で持ってきたの？」

「違う。ティモシー・ビューイックだ」

ベスはさっと体を起こし、ダンテの目をまっすぐ見つめた。「ここは私の家よ。だから、この家の中でその名前を口にするのは許さないわ。もう帰ってちょうだい」

「ああ、帰るよ。だが、その前に君に謝りたいんだ。いくら謝ろうと、僕がしたことの言い訳にならないのはわかっているが」ダンテはやけに気まずそうで自信なさげに見え、ベスは興味を引かれた。「君が最後まで話を聞けば、きっと僕は追い出されるだろうが……自業自得だよな」

「いったいなにを謝りたいの？」さっぱりわからない。

ダンテは背筋を伸ばし、気を引きしめて先を続けた。「ゆうべ、〝童顔ビューイック〟の逮捕を知ったんだ。今のティモシーはそう呼ばれているこの国きってのドラッグの売人なんだが、現在は仲間のハドソンと一緒に拘置所で裁判を待っている。その間に十代のころ、ジェーン・メイスンという若い女の子を罠にかけて、罪をなすりつけたとハドソンが認めたんだ」

ベスは肩をすくめた。「だから？　私が無実だってことなら最初から知っているし、今さらどうでもいい話よ。私はもう先に進んだんだもの」

「僕にとってはどうでもよくないんだ」ダンテの目には後悔と苦悩がにじんでいた。「君にしたことを思うと、良心に恥じずにはいられない。僕は君を刑務所に送り、人生の十八カ月を盗んだ。それで君がどんなに苦しんだのかと思うと、胸が張り裂けそうになる。君の閉所恐怖症も……全部僕のせいなんだ。どうしてあんなに傲慢で、なにも見えていなかったのか、自分でも信じられないよ」

「そんなに責めないで。人は誰でも間違いを犯すものよ。たとえ、あなたでもね。前にあなたも言ったとおり、当時は誰が事件を担当したとしても、きっと結果は同じだったわ」

とうとうダンテが真実を知ってくれた。ベスは報われた気分になり、うれしい気持ちもないではなかった。しかし、冷静で傲慢なダンテが恐縮している姿を見ても、思っていたほどの満足感は得られなかった。

「どうしてそんなに冷静でいられるんだ、ベス？　僕は君の人生をめちゃくちゃにしたんだぞ」

「それはもうずっとわかっていたことだし、恨みにとらわれてもなんの意味もないからよ。そんなことをすれば、自分の人生を滅ぼしてしまうだけだわ」

「ああ、ベス」ダンテ《ティオ》は彼女の隣に移動した。「再会したとき、僕がどんなふるまいをしたかと考えると……君を脅し、ひどいことをたくさん言った。いくら謝ってもつぐなえないのはわかっているが、どうしても会いに来ずにはいられなかった。どうしても伝えたかったんだ。ベス、君にはそれだけの価値がある。いや、それよりはるかに価値がある。皮肉なものだが、僕はニューヨークに出かけたことを後悔していた。君に愛していると言わなかったことを後悔していた。そんなとき、ティモシー・ビューイックの話を聞いたんだ」ダンテは彼女の両手をつかみ、強く握りしめた。ベスが思わず顔をしかめたのにも気づいていないようだ。「君を愛している」

ベスの胸は高鳴り、ダンテの熱い吐息が顔にかかっていることをふいに意識した。

「君が僕を憎んでいると言った理由はわかる。それはしかたのないことだ。僕だって自分が憎い。もし君の奪われた時間を取り戻せるなら、僕はなにをするのもいとわない。命だって捧《ささ》げよう」

ダンテはさらに手に力をこめ、このうえなくすばらしい目でベスを見つめた。そしてふいに、まるで世界が静止したかのように……じっと動きをとめた。ベスはゆっくりと打つ自分の心臓の鼓動を、呼吸の一つ一つを意識していた。沈黙はなおも続き、ふと奇妙な思いにとらわれる。ダンテは恐れているのではないかしら？

「君が許してくれるとは思っていない。許してほしいと頼む権利がないのもわかっている。だが、僕は君を心から愛しているんだ。もしもう一度チャンスを与えてくれるなら……愛してほしいとは言わない、ベス。ただもう一度、君の人生の中に受け入れてくれ。僕につぐないをさせてほしい。頼む」

ベスの胸はいっぱいになった。〝頼む〟と言われたときには目までうるんだ。〝愛している〟と、ダンテは一度どころか二度も言った。ベスは信じたかったから彼を信じた。すると、一生分のクリスマスがいっぺんに来たような気分になった。

「いいわ」ダンテの腕の中に抱き寄せられることを期待して、ベスは答えた。

しかしダンテはベスの手を持ちあげ、てのひらにうやうやしくキスをした。「ありがとう、いとしい人《カーラ》」唇でそっとベスの唇に触れる。「君にふさわしくないのはわかっているが、僕は本当に愛しているんだ。だから誓うよ、残りの一生をつぐないに捧げると」そうささやき、舌をベスの口に差し入れた。

ダンテの言葉はベスの胸を熱くした。どきどきしながら彼のために唇を開き、両腕を大きな体にまわして、全身全霊をこめてキスをする。

肩からローブが落とされたときも、ベスはダンテの首に腕をからめたまま、彼の手が太腿を下りていくのを感じていた。ダンテはベスのTシャツを脱がせ、自分の服も脱ぎ捨てた。

二人はソファの上でゆっくり愛し合った。ダンテが触れて味わうと……ベスも同じことをした。

やがて喜びが限界に達すると、二人はついに一つになった。欲望の炎に包まれてクライマックスを迎えた彼らは、解放の喜びに身を震わせた。

震えながら息をはずませているベスを、ダンテが引き寄せてやさしく髪を撫でた。「こんな奇跡が起こるなんて信じられないよ。今夜ここに来たときには、絶望のどん底にいたんだ。君が中に入れてくれるとは思っていなかったから。本当に寛大な心の持ち主なんだな。心も体も美しい。これからは一生をかけて君を愛するよ」

「私も愛しているわ。たぶん、初めからずっとそうだった。法廷であなたを見たとき、輝く甲冑《かっちゅう》をまとった騎士で、私の救い主だって思ったの。ずいぶん時間がかかってしまったけど、今ならわかる。あなたはやっぱり私の騎士なんだわ」

ダンテはベスを抱きあげると、二人が前に一緒に使った客用寝室へ運んでいき、甘美な愛の行為をもう一度初めからやり直した。

この人はありとあらゆる方法で私を愛してくれる。ベスは幸せな気持ちで大きなあくびをし、ダンテの大きな体に寄り添って眠りについた。

眠るベスを見つめながら、ダンテは自分の幸運を信じられずにいた。ベスは僕を許し、そしてもう一度受け入れてくれた。この美しく、勇敢で、すばらしい女性を永久に愛しつづけよう。ダンテはベスの頬にやさしくキスをしたが、その瞬間、またしても同じ過ちを犯したことに気づいた。避妊をするのを忘れていたのだ。ベスを起こそうかと思ったが、やめておくことにした。どうせすぐにわかることだ。

彼はさらに強くベスを抱き寄せ、眠りについた。

十一カ月後、カンナヴァーロ家の地所で盛大なパーティが催された。ダンテの家族と二人の友人すべてが集まり、少々遅すぎはしたものの二人の結婚を祝ってから、同時に跡継ぎであるフランチェスコ・カンナヴァーロの洗礼も祝福した。ついに結婚式用に買った帽子をかぶることができた、赤ん坊の祖母であるテレサと家政婦のソフィはことのほか喜んでいた。

●本書は、2013年10月に小社より刊行された作品を文庫化したものです。

汚れなき乙女の犠牲

2024年9月15日発行　第1刷

著　　者／ジャクリーン・バード

訳　　者／水月　遙（みなつき　はるか）

発 行 人／鈴木幸辰

発 行 所／株式会社ハーパーコリンズ・ジャパン
東京都千代田区大手町 1-5-1
電話／04-2951-2000（注文）
0570-008091（読者サービス係）

印刷・製本／中央精版印刷株式会社

表紙写真／© Speedfighter17 | Dreamstime.com

ISBN978-4-596-71211-0

9月13日
発売

ハーレクイン・シリーズ 9月20日刊

ハーレクイン・ロマンス

愛の激しさを知る

王が選んだ家なきシンデレラ　ベラ・メイソン／悠木美桜 訳

愛を病に奪われた乙女の恋　ルーシー・キング／森　未朝 訳
《純潔のシンデレラ》

愛は忘れない　ミシェル・リード／高田真紗子 訳
《伝説の名作選》

ウェイトレスの秘密の幼子　アビー・グリーン／東　みなみ 訳
《伝説の名作選》

ハーレクイン・イマージュ

ピュアな思いに満たされる

宿した天使を隠したのは　ジェニファー・テイラー／泉　智子 訳

ボスには言えない　キャロル・グレイス／緒川さら 訳
《至福の名作選》

ハーレクイン・マスターピース

世界に愛された作家たち
〜永久不滅の銘作コレクション〜

花嫁の誓い　ベティ・ニールズ／真咲理央 訳
《ベティ・ニールズ・コレクション》

ハーレクイン・プレゼンツ作家シリーズ別冊

魅惑のテーマが光る極上セレクション

愛する人はひとり　リン・グレアム／愛甲　玲 訳

ハーレクイン・スペシャル・アンソロジー

小さな愛のドラマを花束にして…

恋のかけらを拾い集めて　ヘレン・ビアンチン他／若菜もこ他 訳
《スター作家傑作選》